LE NOIR EST MA COULEUR

Olivier GAY

LE NOIR EST MA COULEUR

LA RIPOSTE

RAGEOT

Cet ouvrage a été imprimé sur un papier
issu de forêts gérées durablement,
de sources contrôlées.

Couverture de Stéphanie Hans

ISBN : 978-2-7002-4925-5

À Julie,
le rose est encore sa couleur.

ALEXANDRE

Gris.

Tout est gris autour de moi.

Le lycée pourri, avec ses murs de béton et ses tags mal effacés.

Le ciel bas et lourd, chargé de nuages menaçants.

Les pigeons qui se battent pour un reste de barre chocolatée.

Gris.

Ça correspond bien à mon humeur. Je traîne les pieds dans les couloirs, presque surpris d'y trouver des élèves. J'ai pris la peine d'arriver tôt ce matin, avant la sonnerie. Ça ne me ressemble pas.

Pour une fille.

Ça non plus, ça ne me ressemble pas.

Lorsque je rentre en cours, j'aperçois tout de suite Éloïse dans un coin, ses cernes, sa maigreur, son bouquin de maths. Pas de trace de Manon.

Je m'installe et ressors mon portable pour relire son dernier texto, au cas où il aurait changé depuis hier soir. Les mêmes caractères s'affichent sur l'écran de mon iPhone.

Gris, eux aussi.

Je bloque ton numéro. Adieu.

Marrant, je n'avais pas imaginé la suite de notre relation comme ça. Quand on s'est séparés hier, tout allait pour le mieux dans le meilleur des mondes. Elle avait pris confiance en elle, maîtrisé une partie de ses pouvoirs. Surtout, elle savait embrasser.

OK, les filles sont parfois difficiles à comprendre, mais on ne peut pas cacher la passion dans un baiser.

Enfin, je crois.

– Hé, t'es super matinal !

Azur se laisse tomber derrière son bureau et retire ses écouteurs.

– Ça y est, maintenant que t'es avec Manon, tu te la joues sérieux ?

Il a beau ricaner, je sens une pointe d'inquiétude dans sa voix. Depuis le début, il se méfie de cette fille. Il a l'impression qu'elle me retourne le cerveau – il ne réalise pas à quel point.

– Rien à voir, c'est juste mon père qui me surveille grave en ce moment. Pour Manon, c'est…

Je parviens à sourire plus facilement que je ne le pensais. Quelle importance, après tout ?

– Pour Manon, c'est fini. Qu'est-ce que tu croyais ? Qu'on se marierait et qu'on aurait trois gosses ? Je te rappelle que c'était un pari.

– Pari ou pas, t'avais l'air accro. Sérieux, c'est la première fois qu'on s'embrouillait pour une fille. Et hier, quand tu l'as pécho, on vous trouvait plutôt mignons. D'ailleurs, t'es pas revenu en cours après. Tu...

– C'est bon, Azur. C'est fini.

Mon ami me regarde, les yeux plissés. Il hausse les épaules.

– OK, OK. Moi, ce que j'en dis. C'est plutôt une bonne nouvelle. On va te retrouver mousquetaire à part entière.

– Un pour tous...

– Tous pour un ! s'exclame Fred en s'installant à son tour. Ben alors, vous avez l'air de bonne humeur ?

– Ouais, Alexandre a largué Manon.

– Pas vraiment, protesté-je.

– Sérieux ? Enfin une super nouvelle ! Elle commençait à prendre trop de place dans ta vie, mec. En quelques jours. T'imagines si t'étais resté plus longtemps ?

Un sursaut d'orgueil m'oblige à me redresser sur ma chaise.

– Vous me prenez pour qui ? Vous ne pensez quand même pas que je changerais pour une simple fille ?

Leurs regards sont éloquents.

C'est vrai que je les ai négligés, ces temps-ci. Notre dernière partie de poker remonte à une semaine. Pareil pour les soirées à l'*Irish Pub*. J'ai séché plusieurs fois les cours sans les prévenir. Je me suis rendu à la soirée Halloween de Clara sans eux.

Bon, je peux comprendre qu'ils m'en veuillent. Mais s'ils connaissaient la vérité ! Ma vie était en danger, merde. Une Ombre me poursuivait, j'esquivais des trombes de feu, j'offrais mon sang à boire. Alors OK, je ne leur ai pas donné autant de nouvelles que d'habitude.

C'est au tour de Jordan d'arriver dans la classe. Il me lance un regard indéchiffrable avant de s'asseoir. Clara s'approche de lui, un sourire aguicheur aux lèvres. Mon monde s'est effondré, mais il faut croire qu'il continue à tourner pour les autres.

Je ressors mon portable, fais défiler les textos d'un air sombre.

OK pour ce soir. 18 h au Paradis du Fruit
de Montparnasse ?

Tu as vu Fred ce soir ?

Fuis ! C'est une Ombre qui a pris son apparence !

Disponible demain 13 heures pour discuter
à la Bibliothèque de la Cité universitaire ?
Peut-être infos sur ton mystérieux inconnu.

Tout est fini entre nous.
Ne cherche plus à me contacter.
Adieu.

Je bloque ton numéro. Adieu.

On se connaît depuis une semaine et demie. Je ne me souviens que des cinq derniers jours. Et on n'a échangé que six messages.

– Pour un mec qui s'en fout, tu tires une sacrée gueule, observe Azur. T'es sûr que ça va ? Après les cours, on finit dans un bar, ça te changera les idées.

– Non, pas ce soir, intervient Fred avant que je puisse répondre. Alexandre, ça tombe bien que tu sois de nouveau dispo. Parce que j'ai un super plan à vous proposer.

Un super plan ? De Fred ? Je ne peux m'empêcher de me sentir curieux. C'est lui qui nous a branchés sur les cercles de jeux clandestins. C'est lui qui a réussi à nous faire entrer dans des soirées de fac. C'est lui qui a eu l'idée de nos fausses cartes d'identité.

– C'est quoi cette fois ?

– Secret. Je vous en parle plus en détail à la fin des cours.

– Hé, tu déconnes ? proteste Azur. T'en as déjà trop dit.

Je suis plutôt d'accord avec lui, mais je n'ai pas le temps de le soutenir.

Manon entre dans la classe, le visage pâle, les traits fatigués. Même d'ici, j'aperçois ses cernes. Lorsque nos yeux se croisent, elle détourne le regard avant de s'asseoir au premier rang.

– Ah ouais, c'est glacial, commente Fred entre ses dents.

– Hé, on s'en fout, c'est qu'une fille, proteste Azur. Tu nous parlais de ce soir ?

Je les écoute d'une oreille distraite. Qu'est-ce qui s'est passé depuis hier pour qu'elle change à ce point ?

La réflexion, ça n'a jamais été mon truc. Toujours privilégier l'action. Je me lève.

C'est à ce moment que le prof arrive.

Buisson.

LE Buisson.

Manon (encore elle) m'a expliqué qu'un Mage Noir l'avait séquestré en prenant son apparence. Les policiers l'ont retrouvé chez lui, en bonne santé mais passablement amaigri. Je suppose qu'ils ont ouvert une enquête – je suppose aussi qu'elle ne donnera rien. De toute façon, de nombreux témoins ont vu le prof dans le lycée la semaine dernière. Difficile pour les flics de le prendre au sérieux. Ils doivent imaginer qu'il a perdu la tête. Stress, surmenage, le fléau des profs.

En tout cas, ce n'est plus un Buisson ardent. Il n'a pas perdu seulement du poids, mais aussi de la prestance. Ses sourcils qui me terrifiaient restent froncés dans une expression de perplexité comique. Il n'a pas boutonné sa veste. Sa sacoche pendouille au bout d'une main hésitante.

Je me rassois lentement. Son apparence a créé un silence de mort. Nous nous penchons en avant, suspendus à ses premiers mots, prêts à nous ruer à la curée au premier signe de faiblesse.

Buisson le sent. Ses yeux brillent d'une lueur de défi alors qu'il s'empare de la craie.

– Bonjour à tous. Asseyez-vous.

Sa voix, aussi profonde que d'habitude, rompt le charme. Je ne peux m'empêcher de respecter ce gars. Il a vécu l'enfer, tout le monde le prend pour un fou, il doit douter de sa santé mentale... et il recommence à faire cours.

En attendant, je n'ai pas pu parler à Manon. Assise au premier rang, elle me tourne le dos.

À la pause, qu'elle le veuille ou non, il faudra qu'on s'explique.

– Bon, ce soir, t'es avec nous ou pas ? demande Fred.

Ah tiens, je les avais oubliés.

– Ouais, bien sûr.

– Tu le regretteras pas. Cette fois, c'est du lourd.

Plus lourd qu'un combat entre Mages ? Plus lourd qu'une Ombre ? Merde, je suis en train de me taper une déprime.

Sur l'estrade, Buisson a repris du poil de la bête et dévide son cours comme si de rien n'était. Je me laisse bercer jusqu'à la pause. Je manque cruellement de sommeil.

Lorsque la sonnerie retentit, Manon se lève d'un bond. Elle lance un regard nerveux dans ma direction avant de filer dans le couloir. Je me précipite à sa suite, ignorant les regards interloqués de mes amis. Je suis en train de perdre ma réputation de mec cool et je n'en ai rien à foutre. Je la rattrape à deux mètres de la porte des toilettes.

– Hé ! Tu comptais t'enfermer là-dedans pendant la pause ? Super mature, comme comportement.

OK, je ne voulais pas paraître agressif, c'est raté. Elle se retourne, bras croisés. Elle n'est pas maquillée, ses cheveux sont attachés en queue de cheval, elle nage dans un pull informe, ses yeux sont gonflés et pourtant je ne peux m'empêcher de la trouver sexy. On doit avoir un gène, quelque part, qui nous rend sensibles à la détresse féminine.

– Alexandre, marmonne-t-elle. Je devais... je dois...

Elle montre obstinément la porte des toilettes. Je passe outre.

– Ah, tu te souviens encore de mon prénom. C'était quoi, ce texto que tu m'as envoyé ? Qu'est-ce que tu voulais dire ?

Elle me regarde avec une intensité douloureuse. Malgré moi, je fais un pas en arrière. Cette fille pourrait m'effacer la mémoire en un battement de cils – enfin, si elle était un minimum douée avec le Violet – et je n'ai pas l'intention de me laisser manipuler.

– Tu as peur de moi ? souffle-t-elle.

– Vu les circonstances, on n'est jamais trop prudent. Bon, tu m'expliques ce qui se passe, oui ?

– Il n'y a rien à expliquer. C'est fini. Je suis désolée, Alexandre. Je n'ai pas de sentiments, je n'en ai jamais eu. Je ne veux pas jouer plus longtemps avec toi.

C'est une fille qui me dit ça ? À moi ? J'ai l'impression d'entendre ce que j'ai débité à longueur de rendez-vous ces deux dernières années. À des blondes, des brunes, des rousses, des lycéennes, des étudiantes. Si c'est un retour de karma, ça pique un peu.

– Tu ne crois pas à ce que tu dis. Tu es en train de pleurer.

– Je ne pleure pas, renifle-t-elle.

– Si, tu pleures. Allez, viens.

Cette fois-ci, je m'approche d'elle, protecteur, les bras ouverts. Je n'évite plus son regard. L'humidité transforme le vert de ses yeux en marécage. Je peux être poète, quand je veux.

Pendant un instant, une fraction de seconde, un battement de cœur, j'ai l'impression qu'elle va se jeter dans mes bras.

Puis elle se raidit.

Je me retourne.

Jordan se tient derrière nous.

MANON

Il y a des regards qui ne trompent pas. J'avais croisé celui d'Alexandre, avec ses doutes, son incompréhension. Voilà que je découvrais celui de Jordan.

Menaçant. Glaçant. Inhumain.

– Rappelle-toi notre accord, *darling*, souffla une voix à mon oreille.

Je me retournai vers la porte des toilettes ; il n'y avait personne. Jordan me fixait toujours, un sourire figé aux lèvres. C'était lui qui venait de parler, j'en étais sûre. Comment avait-il fait ? Un souffle de Bleu pour que le vent emporte ses mots ? Une illusion Violette ?

Je me rappelai la rose qu'il avait créée, la manière dont il nous avait réchauffés dans la rue. Il maîtrisait bien mieux le Spectre que moi et s'en servait sans vergogne.

Cela le rendait d'autant plus dangereux.

– Tu deviens agaçant, Alexandre, sifflai-je du ton le plus convaincant possible.

J'avais envie de pleurer.

– Hein ? fit-il, estomaqué.

– Es-tu toujours aussi collant avec les filles ? Faut-il que j'appelle à l'aide pour que tu me laisses tranquille ?

J'avais envie de m'effondrer.

– Mais…

– Je t'ai dit que je ne voulais plus te voir, est-ce si difficile à comprendre ?

J'avais envie de mourir.

Il me regarda un long moment, avec une expression indéchiffrable.

Il avait saigné pour moi, souffert pour moi, failli mourir pour moi. Il était le seul à connaître mon secret, le Noir qui m'envahissait comme un torrent dès que je fermais les paupières.

Et pour le protéger de Jordan, je devais l'éloigner.

Je n'avais pas le choix.

Je n'avais pas le choix.

Je n'avais pas…

Il se détourna. Remonta le couloir. Disparut dans la cour. Il allait sans doute rejoindre ses amis, se caler un cure-dents aux lèvres et prononcer des insultes bien senties sur l'inconstance féminine.

À ce moment, *quelque chose* gronda en moi. Je manquai perdre l'équilibre. Je sentis mes joues me brûler, comme si j'avais de la fièvre. Mes jambes vacillèrent. Un voile noir passa devant mes yeux.

La sensation se dissipa. Alexandre avait disparu, et Jordan se rapprochait. Son sourire se voulait chaleureux.

– Tu as pris la bonne décision, *darling.*

– Est-ce que tu pourrais éviter de m'appeler comme ça ?

Je me rappelai l'attirance que j'avais éprouvée pour lui. Désormais, je ne ressentais plus que du dégoût. Il m'avait éloignée d'Alexandre ; je n'allais pas lui rendre les choses faciles.

– C'est ce que nous sommes, *darling.* Depuis la soirée. Depuis ce baiser. Tout le monde nous voit comme un couple, tu le sais bien. Et je suis prêt à pardonner ton… écart avec ce garçon.

– Monsieur est trop bon, ironisai-je.

Je ne savais pas comment j'avais encore l'énergie de discuter. La sensation de chaleur revint, plus forte, plus insistante. Je fermai les yeux pour m'éclaircir les idées…

Sombre.
Noir.
Obscur.
Nuit.
Ténèbres.
Néant.

… et les rouvris dans un sursaut.

– Tu me méprises, hein ? déclara Jordan en s'approchant. Tu penses que l'amour est incompatible avec le chantage ?

– Ça m'a traversé l'esprit, admis-je faiblement.

– Et pourtant, c'est logique. Nous sommes tous les deux des Mages. Nous devons tous les deux nous cacher. Je te trouve belle, et drôle, et intelligente. Je sais que tu n'es pas indifférente. Ton aura a des couleurs magnifiques.

Mon aura ? Ce n'était pas la première fois qu'il m'en parlait. J'allais lui demander ce qu'il entendait par là lorsque sa main se posa sur mon épaule.

J'eus un mouvement de recul. Puis je m'arrêtai.

Pourquoi fuyais-je ? De quoi avais-je peur ? D'accord, il s'était montré empressé, n'était-ce pas une marque d'attention ? Les plus belles histoires ne se construisent pas sur des cendres, mais sur une passion dévorante. En amour, comme à la guerre, il n'y a pas de règle. J'avais beau critiquer les méthodes de Jordan, devais-je lui en tenir rigueur ?

Alexandre n'existait plus. Ce n'était qu'un garçon fruste, sans grande intelligence ni talent. Seul son physique jouait en sa faveur ; et encore. Maintenant que j'y repensais, il n'était pas si beau que ça. Massif, un peu bovin, les épaules tombantes. Sans parler de ses tics stupides, comme ce cure-dents qui ne le quittait jamais. Quel garçon immature.

Je méritais mieux. Bien mieux. Quelqu'un de brillant, de sensuel, qui me comprendrait et m'épaulerait au quotidien. Quelqu'un comme Jordan avec son regard profond et son sourire sincère.

Oui, les plus belles histoires d'amour n'étaient jamais conventionnelles. Il suffisait de lire *Roméo et Juliette*. *Tristan et Iseult*.

Sans savoir comment, je me retrouvai dans les bras de Jordan.

– Embrasse-moi, souffla-t-il.

Un baiser, ça ne se quémande pas. J'approchai pourtant mes lèvres des siennes, jusqu'à sentir son souffle chaud contre le mien. Comme Juliette. Comme Iseult.

Iseult. Ce prénom me perturbait sans que je sache pourquoi. Perdue dans l'instant, je cherchai à capturer cette pensée fugitive.

Iseult. Tristan. Le philtre d'amour.

Cette histoire m'avait fait frémir lorsque je l'avais lue. Quelle horreur de voir ses sentiments trahis par une gorgée d'une infâme potion. De ne plus avoir de contrôle sur sa vie. De renoncer à son libre arbitre. De ne pas aimer parce qu'on le veut, mais parce qu'on le doit.

De nouveau, une *présence* remua en moi.

Sombre.
Noir.
Obscur.
Nuit.
Ténèbres.
Néant.

Je chutai dans un puits sans fond, battis des bras, des pieds puis m'immobilisai, haletante.

Je distinguai les ondes que Jordan dégageait, sans la moindre retenue pour mon cerveau malléable.

Sa bouche était à une respiration de la mienne, ses yeux mi-clos ourlés de Violet. Il utilisait ses pouvoirs pour me manipuler, me modeler, me séduire.

D'un seul coup, la colère m'envahit.

Non, pas la colère.

La fureur. La rage.

Les ténèbres se déchirèrent et le Spectre m'apparut, ses sept Couleurs étincelant au milieu de l'obscurité.

Le Violet était celle que je maîtrisais le moins. Je n'avais pas réussi à effacer la mémoire d'Alexandre ou à tisser des illusions. Pourtant, je n'hésitai pas. J'emplis mon corps de puissance et modelai la Couleur en un sabre. D'une pensée, je tranchai les liens qui me parasitaient.

Plus d'amour, plus de désir, plus de lèvres attirantes. Jordan se tenait devant moi, décontenancé. Son sourire s'effaça.

– Manon… commença-t-il, hésitant.

Je le repoussai de toutes mes forces. Il partit en arrière, agitant les bras comme un équilibriste, avant de s'effondrer sur le sol. Au dernier moment, il battit des cils et sa main s'interposa pour amortir sa chute.

Comment parvenait-il à utiliser les Couleurs aussi rapidement ?

Il se redressa, épousseta sa veste de dandy avec affectation.

– Je suis désolé, ce n'était pas très *fair* de ma part, admit-il.

– Je te hais, soufflai-je.

Il avança sa main et me caressa la joue sans que je réagisse. Je me sentais vide tout d'un coup.

– J'aime ce tempérament. Entre l'amour et la haine, il n'y a pas de grande différence. Je me contenterai du second.

– Je ne te pardonnerai jamais.

Il éclata de rire.

– Qu'est-ce que tu vas faire ? En parler à ton père ? Et il te croira ? Surtout si je lui raconte ce que je sais sur Alexandre. Ma famille pense que je suis un garçon modèle. Le poète fragile qui se fait casser la gueule à la pause plutôt que de montrer ses pouvoirs.

Il battit des paupières, toucha le mur de béton. Des lettres se gravèrent dans la pierre.

MANON + JORDAN = ❤

Un geste de sa main et l'inscription disparut.

– C'est comme ça que tu as accédé à la conduite de gaz ? l'accusai-je. Un peu de Jaune et le tour est joué ?

– Tu es tellement… triviale, Manon. Je te déclare ma flamme et tu me parles de sabotage.

– Je te hais.

– Tu me l'as déjà dit. En attendant, je compte sur toi pour nous comporter comme un couple parfait devant les autres. Si tu tiens encore à ton Alexandre…

Sombre.
Noir.
Obscur.
Nuit.
Ténèbres.
Néant.

Je le regardai droit dans les yeux. Je dus lui faire peur, car il recula d'un pas.

– Oui, je tiens à Alexandre. Mais il y a des limites à tout. Je tiens encore plus à ma dignité. Si tu me touches, si tu utilises ta magie sur moi, si tu essaies une nouvelle fois de m'embrasser, tu le regretteras. Et au diable les conséquences. J'espère que je me suis bien fait comprendre.

Je tendis la main à mon tour. Du doigt, je traçai trois mots dans la pierre.

BRÛLE EN ENFER

J'attendis qu'il lise mon message, puis l'effaçai d'un geste.

Nous nous défiâmes du regard. Bon sang, comme je le haïssais !

La sonnerie de fin de pause rompit notre duel. Jordan haussa les épaules.

– Très bien. Tant que les gens pensent que nous sommes en couple et que je peux t'appeler *darling*.

– *Darling*, c'est...

– ... une condition non négociable.

Sombre.
Noir.
Obsc…

– D'accord, me hâtai-je de préciser, bloquant les pensées assassines qui montaient en moi. D'accord pour *darling* tant qu'il n'y a aucun contact physique.

– *It's a deal, then.*

Nous retournâmes en classe du même pas. Lorsque je franchis la porte, le regard d'Alexandre me cloua sur place. Je me forçai à l'ignorer et je m'assis, les épaules contractées jusqu'à la souffrance.

– Manon, ça va ? Tu as l'air super bizarre, me souffla Éloïse. Tu as pleuré ?

– Non, murmurai-je.

C'était vrai. Mes yeux étaient secs.

ALEXANDRE

Il y a quelque chose de louche dans cette affaire. Je ne suis pas le mec le plus psychologue au monde, mais le comportement de Manon est incohérent.

Déjà, elle m'envoie balader – et c'est difficile à avaler. Pourtant tout à l'heure, j'ai cru qu'elle allait se jeter dans mes bras. Elle semblait désemparée.

Je fais tourner mon effaceur entre mes doigts. Comme d'habitude, je n'écoute pas le cours. Devant moi, Jordan est absorbé dans l'étude de son manuel d'espagnol. Manon a changé d'attitude lorsqu'il a surgi derrière nous. Et s'il lui avait lavé le cerveau ?

L'ennui, c'est que je ne suis pas censé être au courant de ses pouvoirs. Si je lui pose la question, ça va mal se passer. En plus, je meurs d'envie de lui allonger une droite et ce n'est pas le moment.

Attendre. Attendre et voir comment la situation évolue.

S'il y a bien un truc que je ne supporte pas, c'est l'attente. Je fais remonter le fil de mon lecteur MP3 le long de la manche de mon sweat, prends l'écouteur dans ma paume et pose ma main sur mon oreille.

Les profs ne remarquent jamais rien. De toute façon, ils ne m'interrogent pas. Ils préfèrent quand je suis calme.

Avec ma musique, je suis calme.

Malgré l'insistance d'Azur et de Charles, Fred attend la fin des cours pour nous réunir sous le préau. Les ouvriers ont déjà quitté les lieux, abandonnant des sacs de ciment pour leur rénovation du lendemain. Je ne peux m'empêcher de renifler l'air à la recherche d'une odeur de gaz.

Manon et Jordan franchissent le portail ensemble. Je les suis un instant du regard avant de détourner les yeux, frustré. Ça ne sert à rien de ressasser tout ça. Qu'est-ce que je peux faire, de toute façon ?

Comme toujours dans la vie, la priorité ce sont les amis. Et ils sont là, autour de moi.

Autour de Fred, pour être précis. Mon pote savoure son moment. Il prend la pose, un sourire gourmand aux lèvres.

– Bon, les mecs, désolé de vous avoir fait attendre, mais vous verrez, ça en vaut la peine.

– T'es chiant avec tes secrets, allez, balance, grogne Charles en allumant sa clope.

– OK, OK. On commence par une question : aujourd'hui, qu'est-ce qui pourrait améliorer notre vie ?

– Des meufs.

– Du temps libre.

– Une moto.
– Des frites moins grasses.
– Des profs moins chiants.
– Un bar plus stylé que l'*Irish Pub*.

Fred nous écoute, un sourire goguenard aux lèvres.

– Ouais, vous avez raison, il nous manque plein de choses. Mais le plus important dans tout ça, c'est la thune. Pour boire, pour jouer au poker, pour se payer un scoot, faut de l'argent. Et je sais pas pour vous mais moi, c'est la misère.

Il n'a pas tort. Depuis que mon père a perdu un œil sur le ring, il travaille comme vigile dans un supermarché. Ma mère bosse comme aide-soignante. Autant dire qu'on n'a pas de quoi se payer des extras. La mère d'Azur ne travaille pas et son père est fonctionnaire. Malgré son prénom bourgeois, Charles-Antoine a des parents épiciers.

En fait, celui qui s'en sort le mieux reste Fred avec sa mère médecin. Mais elle surveille ses moindres dépenses et ne desserre les cordons de la bourse que contrainte et forcée.

– OK, le fric dirige le monde, tu as notre attention, résume Azur.

– Bon. Autant vous prévenir, c'est pas très légal.

Il baisse la voix, et nous nous approchons instinctivement. Je me doutais qu'il nous réserverait une surprise de ce genre. Le poker, l'alcool, ce n'était pas très légal non plus.

Cette fois-ci, je pressens le pire.

– Un mec m'a contacté. Un mec clean. Il connaît notre réputation, il sait comment on se débrouillait en baston l'année dernière. Du coup…

– Comment il sait ça, c'est un flic ?

– Ta gueule, Azur, laisse-moi finir. Non, c'est pas un flic. C'est plutôt l'inverse. Le genre dealer, si tu vois ce que je veux dire.

Un silence plane soudain sur le préau.

– Où tu veux en venir ? marmonne Charles.

– La voilà, l'occasion qu'on attendait. Le poker, c'est sympa, mais c'est qu'un jeu. Ce mec-là nous propose un vrai job. De quoi gratter toute la thune qu'on veut.

– Ouais, et si on se fait choper… commence Azur.

– On est mineurs, qu'est-ce que tu veux qu'on nous fasse ? Et de toute façon, on ne se fera pas choper.

Fred nous regarde avec insistance. Il s'attendait à plus d'enthousiasme de notre part. Pour lui, c'est une évolution logique. Il s'est toujours rebellé contre sa famille trop bien rangée, trop avare et refermée sur elle-même. Il doit voir ça comme un ultime pied de nez.

Moi…

J'ai autre chose, dans la vie. J'ai la boxe. Le coach m'a dit que j'étais doué, que je pouvais faire carrière. Si je joue au con, qu'est-ce que je deviens ? Sans licence, je finirai comme mon père dans les rayons d'un supermarché pour un salaire de misère. Et encore, si j'évite la case prison.

– T'es sûr que c'est une bonne idée ? souffle Azur. Si on met le doigt là-dedans...

– Oh, ça va, c'est de la beuh, du shit, des joints, quoi. On en a tous fumé un jour.

– Fumé, oui. Dealé...

– Ça paie. Ça paie bien. C'est ce qu'on voulait, non ?

Charles hoche lentement la tête. Chez lui, l'idée fait son chemin. Azur aussi a l'air tenté. Je vais devoir les calmer.

– Sans moi, les mecs. J'ai trop à perdre.

J'ai à peine parlé que je réalise mon erreur. D'un seul coup, les hésitants prennent parti contre moi.

– Tu te fous de notre gueule ? éclate Fred. D'abord ces histoires avec Manon, et maintenant tu veux nous lâcher ? Oh, Alexandre, qu'est-ce qui t'arrive ?

– On franchit un pas, là. Et je ne veux pas...

– Tu as rackетté des élèves dans les chiottes. Tu as fait de la garde à vue parce qu'on a démoli ces cons du lycée d'à côté. Et tu te dégonfles quand je trouve un plan en or ?

– Je me dégonfle pas, c'est juste que...

Fred s'avance, adopte un ton conciliant.

– Écoute, viens avec nous ce soir. À quatre, on est plus impressionnants. Et tu as la carrure de l'emploi. Après, si tu ne veux pas t'impliquer, promis, on te forcera pas.

– Venir, c'est déjà beaucoup...

Je suis coincé, je le sais, ils le savent. Et j'ai pas mal à me faire pardonner ces derniers temps.

Je fouille mes poches à la recherche d'un cure-dents et le cale entre mes lèvres.

– OK. C'est où et quand, ton rendez-vous ?

Nous quittons le lycée pour les profondeurs du métro. Lorsque nous ressortons à l'air libre, la nuit est tombée. La banlieue nous environne, sale et poisseuse. Nous suivons une ligne de chemin de fer jusqu'à une barre d'immeuble en contrebas.

Pour un premier rendez-vous, Fred a fait fort.

Le hall est plutôt propre malgré un carrelage fatigué et quelques tags sur les boîtes aux lettres. Deux enfants d'une dizaine d'années discutent avec animation. Ils se taisent en nous voyant arriver.

Je commence à regretter d'être venu, mais les autres ont raison : je n'ai pas le droit de les abandonner. Pas maintenant. Ce sont mes potes, malgré tous leurs défauts. Après la trahison de Manon, je réalise à quel point ils comptent pour moi.

L'ascenseur ne fonctionne pas et nous empruntons l'escalier dans un silence pesant. Charles a les mains dans son blouson, la posture voûtée, ça m'inquiète un peu. De nous tous, c'est le plus teigneux.

C'est fou. La veille – bordel, ça fait à peine vingt-quatre heures ! – je me battais contre une Ombre, j'esquivais des jets de flamme et j'évoluais dans un univers magique.

Aujourd'hui, je monte des marches sous un néon grésillant en essayant de ne pas marcher dans ce qui ressemble à de la pisse de chien.

– C'est là, annonce Fred.

Il frappe à une porte aussi banale que les autres. Un verrou grince, puis un second.

– Entrez, les gosses.

Les gosses, donc.

L'homme qui nous laisse passer ne doit pas avoir plus de trente ans, mais son crâne rasé lui donne l'air plus âgé. Il porte un tee-shirt qui découvre ses avant-bras couverts de tatouages. Une caricature totale.

Et il porte un flingue au côté.

Ça pue, tout ça, ça pue…

Fred ne se laisse pas impressionner. Lorsqu'il avance, je suis obligé de le suivre.

Son contact se tient au centre d'un studio bien rangé, une manette de PS4 entre les mains. Il nous tourne le dos, concentré sur sa partie de *Wolfenstein – The New Order*. Je l'observe quelques secondes : il est plutôt bon.

Fred se racle la gorge. Deux fois. Le costaud de l'entrée lui lance un regard d'avertissement.

Finalement, le dealer se tourne vers nous. Le choc, il ne doit pas avoir plus de vingt ans ! Pas de tatouage sur lui, pas de muscles surnuméraires. Lorsqu'il nous sourit, ses yeux étincellent d'humour.

– Ah, voilà donc tes amis. Parfait, très ponctuels, c'est une qualité dans ce business.

– Je vous avais dit qu'ils étaient fiables, marmonne Fred.

– C'est une chose de l'entendre, c'est une autre de le constater. Bien, ne perdons pas de temps. Vous savez tous pourquoi vous êtes ici, il ne reste plus qu'à voir les détails de notre partenariat. Si vous bossez bien, vous gagnerez beaucoup d'argent. Si vous bossez mal… non, je sais que vous ne me décevrez pas. Et puis les lycées, c'est l'avenir, c'est porteur.

Il fouille dans un coin, sort plusieurs sachets.

Je me tiens dans un appartement glauque, surveillé par un homme armé, à écouter Fred discuter prix et quantités pour une activité de revente de drogue.

Et je ne peux m'empêcher de penser à Manon. Elle avait peur d'être contaminée par le Noir. Elle ne voulait pas basculer du côté obscur.

Niveau obscurité, j'ai l'impression que j'ai pris les devants.

MANON

Pour la première fois, je n'avais pas révisé le contrôle d'histoire. Je fixais ma copie, les yeux brouillés par la fatigue. Les questions se mélangeaient sans rime ni raison. J'avais beau connaître la plupart des réponses, mon stylo refusait de bouger.

Encore une nuit de cauchemar(s). Encore une nuit à me réveiller trempée de sueur, à tâtonner pour trouver l'interrupteur de ma lampe de chevet, à vérifier que je n'avais pas invoqué une Ombre par erreur.

Un coup de coude me fit tourner la tête. Éloïse me regardait d'un air implorant, son doigt négligemment posé sur la question trois. *En quoi l'Empire ottoman est-il un concurrent direct à la volonté de domination européenne ?*

Je décalai lentement ma feuille jusqu'à ce qu'elle puisse copier, puis affectai de me concentrer sur l'énoncé suivant.

Grâce à moi, Éloïse grappillerait quelques points ; mais moi, qui m'aiderait ? La sonnerie m'interrompit alors que je griffonnais frénétiquement. Cette fois-ci, je n'aurais pas la meilleure note.

– Ça va ? me souffla Éloïse du coin des lèvres. Tu n'as pas l'air bien.

– Je suis juste un peu fatiguée.

– *Un peu* ? On dirait que tu vas t'effondrer ! Et puis, tu es bizarre ces derniers temps. Faut que tu me racontes ce qui se passe. Avec Alexandre. Et Jordan.

Je ne pus m'empêcher de sourire devant les yeux brillants de mon amie. C'était tellement rafraîchissant de lui parler.

– Il n'y a pas grand-chose à raconter, tu sais...

– Et voilà, elle fait la modeste. Les deux beaux gosses de la classe te tournent autour et tu voudrais tout garder pour toi. D'ailleurs, j'ai du mal à m'y retrouver. Tu sors avec Jordan ou pas ?

– On va manger, *darling* ?

Comme Candyman, l'évocation de son nom pouvait faire apparaître mon tortionnaire. Il se tenait devant le bureau, son éternel sourire aux lèvres, ses yeux aussi froids que d'habitude.

– Je crois que ça répond à ma question, murmura Éloïse en rougissant. Bon, euh, je vous laisse, mais tu m'appelles sans faute, hein ?

– Attends, on peut manger tous ensemble.

Elle hésita. Je sentis le regard de Jordan me brûler le dos.

– Vous êtes sûrs ? Ça ne vous ennuie pas ? Je peux déjeuner seule, hein.

– Non, vraiment, ça me ferait plaisir, insistai-je.

– Dans ce cas...

Éloïse s'interrompit, sourcils froncés. Elle paraissait confuse. Elle fouilla dans ses poches et en sortit son portefeuille.

– En fait, je pense que je vais vous abandonner. On a deux heures de pause, autant en profiter pour faire les soldes. Je prendrai un sandwich au centre commercial.

– Je t'accompagne, si tu veux.

– Ça va, je ne vais pas ruiner votre couple ! Allez, je file !

Éloïse déposa un baiser rapide sur ma joue, salua timidement Jordan puis s'enfuit comme si elle avait le diable aux trousses.

Je croisai les bras, exaspérée.

– Tu as encore utilisé...

– Les Couleurs, elles demandent qu'on s'en serve, *darling*. C'est comme ça qu'on progresse.

Depuis que j'étais enfant, on me répétait que je ne devais pas utiliser mes pouvoirs sans raison. Nous avions même une police interne pour éviter les abus. Mon frère allait bientôt passer en jugement pour avoir utilisé la magie à des fins personnelles.

Jordan, lui, se servait du Spectre sans scrupules. Il avait tenté de prendre le contrôle de mon esprit et s'était débarrassé de ma meilleure amie d'une simple suggestion.

– Un jour, la Police des Mages te tombera dessus et tu le regretteras, grinçai-je.

– Un jour, peut-être. Mais j'ai seize ans, et la vie est belle. Et puis, tant qu'il n'y a aucun témoin, je ne risque rien.

Je maudis son sourire arrogant. Ce soir, je raconterais tout à mon père. Jordan ravalerait son insolence.

... et Alexandre tomberait avec lui.

– Pourquoi est-ce que tu ne voulais pas qu'Éloïse mange avec nous ? Elle ne t'aurait pas dérangé. Tu sais qu'elle te trouve très sympa. On se demande bien pourquoi.

– Les pauses sont déjà assez courtes comme ça. Je déteste cette école, ces cours, ces élèves brutaux. En fait, il n'y a que toi qui me plais ici. Toi qui me ressembles.

Pour la première fois, je perçus un accent de sincérité dans sa voix, comme si sa carapace se fendillait.

Ma méfiance se réveilla aussitôt et je fermai les paupières pour vérifier qu'il ne cherchait pas à m'influencer. Je retrouvai le Noir avec une culpabilité complice et, à travers elle, un Spectre plus beau que jamais. Non, aucune magie n'était à l'œuvre en ce moment.

– Pourquoi est-ce que tu persistes à dire que nous sommes pareils ? Je n'utilise pas mes pouvoirs, je ne suis pas cruelle, je ne me moque pas des gens. Nous n'avons rien en commun.

– Tu n'en es pas consciente, *darling*, mais une aura de violence te colle à la peau, comme moi. Elle ne demande qu'à se libérer. Tu n'es pas une victime, tu es une prédatrice. Petit à petit, tu comprendras que…

– Putain ! T'es là, toi ?

Le visage de Jordan se ferma. Alors que nous marchions vers la cantine – quand lui avais-je emboîté le pas ? – Azur avait surgi devant nous.

Les deux garçons avaient une histoire compliquée. La première fois qu'ils s'étaient rencontrés, Azur et sa bande avaient pris plaisir à bizuter Jordan, à lui voler son portefeuille et à briser ses lunettes.

La seconde, alors qu'Azur avait trop bu, Jordan, beaucoup moins avare de ses pouvoirs, l'avait assommé. Pas besoin d'être magicienne pour deviner qu'il brûlait de se venger. J'espérais contre toute attente que les deux coqs de basse-cour se montreraient raisonnables…

– Tiens, le *loser* de la dernière fois, cracha Jordan.

… Grossière erreur de ma part.

Azur ne prononça pas un mot. Sa mâchoire se contracta et il se lança en avant sans le moindre avertissement. Je n'eus pas le temps de ciller que son poing heurtait le visage de Jordan avec un bruit mat.

Pris par surprise, il s'effondra sur le sol comme un pantin de chiffon.

– Ça, c'est pour la dernière fois, gronda Azur en agitant sa main comme si elle lui faisait mal. Et ça, continua-t-il en lui frappant les côtes de toutes ses forces, c'est pour aujourd'hui.

J'entendis un craquement affreux lorsque le bout des Caterpillar du grand Kabyle heurta Jordan. J'aurais dû me sentir soulagée de voir mon bourreau en mauvaise posture, mais l'agressivité d'Azur m'effrayait.

Lorsqu'il cogna de nouveau sa victime à terre, je me précipitai sur lui.

– Arrête, je t'en prie !

– Ce connard m'a cherché !

– Tu as gagné, qu'est-ce que tu veux de plus ?

J'étais pendue à son bras, comme si je pouvais arrêter le coup suivant avec mon poids plume. Pendant un instant, un instant fugace, je songeai à ce que m'avait dit Jordan. Utiliser la magie, un simple filament de Violet pour calmer la situation, ce ne serait pas si grave, n'est-ce pas ?

Je n'eus pas besoin d'en arriver là. Les muscles d'Azur se détendirent. Il recula d'un pas, donna un dernier coup de pied sans grande conviction.

– OK, OK, grogna-t-il. Je ne comprends pas ce qui s'est passé à la soirée Halloween, j'avais vraiment trop bu. Ce mec ne mérite pas que je m'occupe de lui.

Il se dégagea d'une bourrade, puis reprit son chemin comme si de rien n'était. Après quelques pas, il se retourna.

– Au fait, Alexandre est occupé en ce moment. Et on préfère quand tu lui tournes pas autour. Alors je ne sais pas ce qui s'est passé entre vous, mais c'est très bien comme ça. Reste avec ton Jordan et ne l'emmerde plus, OK ?

J'aurais aimé le foudroyer d'une répartie impitoyable ; rien ne me vint à l'esprit. Il soutint mon regard, le temps que ses paroles fassent effet, puis hocha la tête.

Ce fut à ce moment que j'entendis le rire.

Un rire sombre, démoniaque, un rire qui me donnait froid dans le dos.

Un rire qui provenait du sol.

Azur s'arrêta net.

– Tu bouges encore, toi ? gronda-t-il.

Jordan se releva souplement. J'avais entendu une côte craquer mais, bien entendu, il n'avait plus la moindre séquelle. Il ramassa ses lunettes et les cala sur son nez d'un geste ostensiblement lent. Il posa sa main sur son épaule et la massa du bout des doigts. Une lueur rouge vif dansait au fond de ses pupilles.

– Tu frappes vraiment comme un *loser*, ricana-t-il.

– Jordan... murmurai-je.

Azur revint sur ses pas, les bras ballants.

– Faut croire que les cafards sont résistants. Mais t'es allé trop loin. Faudra pas m'en vouloir si tu finis à l'hosto.

– *Bring it, little girl.*

Azur avait beau récolter les notes les plus basses en anglais, il avait suffisamment de notions pour comprendre l'insulte. Son cou s'empourpra et il se jeta en avant.

Cette fois-ci, Jordan était prêt. Il pivota de côté avec une vitesse surhumaine, dévia le poing de son bras droit puis enchaîna d'un crochet porté avec toute la puissance du Rouge. Ses veines se contractèrent avant de se relâcher.

Je commençais à me douter qu'Alexandre et ses amis avaient trempé dans des bagarres à l'époque où je portais encore des couettes. Azur bloqua le coup au dernier moment, avant de reculer avec une grimace de surprise. Il se massa l'avant-bras machinalement.

– Ça devient intéressant. C'est quoi, ton art martial ?

– C'est un secret.

Mon téléphone vibra. Malgré la situation tendue, je glissai un regard vers l'écran.

Éloïse.

> En fait, j'ai pas trop envie de faire du shopping,
> je sais pas ce qui m'a pris ;) On se retrouve à la cafét ?

Sans réfléchir, je composai ma réponse.

> Préviens un surveillant, Azur et Jordan se battent
> dans le couloir des premières.

Je me refusais à utiliser mes pouvoirs dans une telle situation. Azur devait déjà se demander comment un garçon aussi maigre pouvait encaisser ses coups. Inutile d'en rajouter.

– Arrêtez ! criai-je tout de même, parce que c'était mon rôle.

Bien sûr, ils ne m'écoutaient pas. Ils se jaugeaient, un drôle de sourire aux lèvres. Azur s'avança, feinta, et Jordan esquiva avec une aisance troublante. Ce fut à son tour de riposter ; le Kabyle grimaça en atténuant le choc avec sa main.

– Tu es mort, grinça Azur.

– Tu dis ça et j'attends toujours…

Pas de surveillant dans le coin.
J'ai prévenu Alexandre, on arrive !

Le texto d'Éloïse me glaça le sang.

ALEXANDRE

Lorsque Éloïse s'approche de moi dans la file de la cantine, la première pensée qui me vient, c'est qu'elle a vraiment une tête de cheval.

D'accord, ce n'est pas gentil, mais il faut se rendre à l'évidence. Avec ses dents en avant, on l'imagine bien gober un morceau de sucre dans la paume d'une main.

– Alexandre, il y a un problème avec Manon !

– Hein ?

Je n'ai pas le temps de réagir qu'elle me fourre son portable sous le nez.

> Préviens un surveillant, Azur et Jordan se battent dans le couloir des premières.

Azur ? Merde. Ça devait arriver, vu comme la soirée Halloween s'est mal terminée. Pourtant, ce n'était pas faute de l'avoir mis en garde. Ce con a dû sauter à la gorge de Jordan dès que l'occasion s'est présentée.

Je me tourne vers Éloïse, l'expression aussi blasée que possible.

– Et alors, en quoi ça me concerne ? Je suis pas surveillant.

– Il n'y en a aucun dans la cantine, proteste-t-elle.

Elle n'a pas tort. L'heure de pointe est passée, ils doivent déjeuner. Il n'empêche, ce n'est pas très professionnel, tout ça. Il faudra que j'en parle au proviseur la prochaine fois que je serai convoqué dans son bureau.

– Qu'est-ce que tu veux que ça me foute ?

Éloïse est au bord des larmes, comme si ses repères volaient en éclats. Quoi, je ne suis donc pas un chevalier en armure blanche, prêt à sauver la veuve et l'orphelin ?

– Azur c'est ton ami, non ? Et puis Manon se retrouve au milieu des deux, elle est en danger.

– Manon et moi, c'est fini.

Elle écarquille les yeux, surprise. Alors comme ça Manon n'a pas prévenu sa meilleure amie ? Charmant. Je me penche vers les desserts, mais Éloïse s'interpose de nouveau.

– Fini ou pas, je sais que tu comptes beaucoup pour elle. Et là, elle a besoin de toi. Je t'en supplie !

Elle me soûle. D'où elle voit la ressemblance avec Mère Teresa ? C'est la robe blanche qui m'a trahi ? D'un autre côté, Azur est un pote. Je ne peux pas l'abandonner comme ça. Je regarde d'un air déprimé mon plateau vide. Ce soir, j'ai entraînement de boxe et je n'aurai pas fait le plein de protéines.

– OK, OK, on y va. Sérieux, elle est un peu chiante ta copine.

Le visage d'Éloïse s'illumine alors qu'elle se précipite dehors. Je la suis d'un pas mesuré. Pourtant, je ne peux m'empêcher d'accélérer en arrivant vers l'escalier. Si Jordan se lâche côté pouvoirs magiques, ça risque de chauffer pour Azur. Cette fois-ci, je ne vois pas comment je pourrai éviter une confrontation.

Je finis par courir et dépasse Éloïse au niveau des classes de première. Au loin, des grognements sourds me confirment qu'une baston est en cours.

Azur est adossé à la porte du labo de langues, son bras droit en protection, sa main gauche comprimant sa hanche. Il halète, à bout de souffle, et la sueur dégouline dans ses yeux.

En face de lui, Jordan se tient dans une posture de boxe ridicule. Ses lunettes gisent sur le sol, écrasées par de trop nombreux coups, mais cela ne semble pas le gêner. Il transpire à peine, et son sourire a des accents de victoire.

Quant à Manon, elle reste à l'écart, la bouche ouverte sur un cri muet, incapable d'agir. Alors voilà, quand Azur tabasse son Jordan, elle est la première à s'interposer ; lorsque c'est l'inverse, elle ne bouge pas.

Super, le favoritisme.

– On... arrive ! ahane Éloïse derrière moi.

Merci Élo. Grâce à toi, je viens de perdre l'effet de surprise.

– Eh ben, on s'amuse sans moi ?

Jordan me fait lentement face. Azur en profite pour se jeter sur lui, mais l'Américain le frappe négligemment au visage, puis au foie. C'est incroyable ce qu'il est rapide. Maladroit… et rapide. Je ne sais pas si j'aurais été capable d'une telle vitesse en dépit de mon entraînement.

Azur vacille ; il porte la main au côté. L'uppercut de Jordan lui ébranle la mâchoire et je gémis intérieurement.

Mon ami glisse à terre, les yeux dans le vague. Pas besoin de compter jusqu'à dix, c'est un K-O.

– À ton tour, m'annonce Jordan.

– Non ! crie Manon.

Je me dirige prudemment vers lui. J'ai vu à quelle vitesse il bougeait. S'il bondit, il faut que je sois prêt à riposter.

– Il y a longtemps que je voulais te, *how should I say*, casser la tête, ricane Jordan.

– C'est réciproque, je souris.

Nous avançons tous les deux d'un pas. Puis d'un autre. Je serre le poing droit, le relâche, détends mes muscles.

– Je vais chercher un surveillant ! s'affole Éloïse en repartant en courant.

Il ne manquait plus que ça. Elle n'aurait pas pu rester sagement en spectatrice et apprécier le combat ? Désormais, le temps nous est compté.

– Arrêtez tout de suite ! siffle Manon.

Cause toujours, tu m'intéresses. J'ai la chair de poule sans même savoir pourquoi. Peut-être que ce con va utiliser d'autres pouvoirs sur moi, du feu, du vent, mais j'ai l'intuition qu'il veut se mesurer d'homme à homme. Une veine bat à sa tempe, une autre dans le creux de son cou. Ses muscles tendent le tissu de son tee-shirt.

Oui, il souffre de la faiblesse principale des mecs à travers les âges : il veut impressionner sa copine. Il sait que je suis costaud, il va tenter de se battre sur mon propre terrain. Il...

Jordan bondit. Je le vois à peine bouger, tache sombre contre le lino clair. Il est déjà dans ma garde lorsque je pivote. Son coup passe à un pouce de ma joue, et le souffle me projette une mèche dans l'œil.

J'ai déjà riposté ; mon poing heurte quelque chose (son avant-bras ? son torse ? son visage ?) alors qu'il bat en retraite. J'ai l'impression d'avoir heurté du béton, mais je dissimule ma douleur derrière un sourire victorieux.

– Alors, ça picote ? je ricane.

Jordan me regarde avec un mélange de haine et d'incrédulité. À voir sa position, c'est son épaule que j'ai frappée. Première touche pour moi.

– La prochaine fois, je te resculpte les dents en statuette inca, je continue.

– Tu n'auras pas de prochaine fois, me contre Jordan en se remettant en position.

– ÇA SUFFIT, OUI ?

Une rafale de vent me replie les bras dans le dos, et Jordan subit le même sort. En l'espace d'une seconde, nous voilà tous les deux immobilisés. La pression s'accentue. Mes pieds quittent le sol.

Manon se place entre nous, ivre de fureur. Du bleu tourbillonne au fond de ses yeux verts. Ça lui donne un regard surprenant.

Pour quelqu'un qui me demandait de garder le secret de sa magie, elle fait dans la discrétion totale.

– Euh, tu pourrais me relâcher ? je demande poliment.

– Va te faire voir, crache-t-elle.

C'était bien la peine de demander poliment.

Jordan n'a pas l'air content. Il ferme les yeux et se débat un instant, mais Manon ne cède pas. Il ne parvient pas plus que moi à se libérer.

– Je peux savoir ce que tu fais ? gronde-t-il. Tu as oublié notre accord ?

Accord ?

– Je n'ai rien oublié, rassure-toi. Je ne vous regarderai pas vous entre-tuer pour autant.

– Hé, de quel accord il parle ?

Les deux me dévisagent froidement avant de revenir à leur conversation. Pourtant, la question me semblait légitime.

– Tu devras bien me libérer un jour, Manon.

– Oui. Et tu laisseras Alexandre tranquille. Comme il te laissera tranquille.

– Je vois que tu es prête à tout pour protéger ton chouchou, j'ironise. Tu n'avais pas les mêmes scrupules pour Azur.

– C'est Azur qui lui a sauté dessus. C'est aussi lui qui l'a bizuté le premier jour. Je sais que c'est ton ami, mais je ne vais pas pleurer s'il finit à l'hôpital. On récolte ce que l'on a semé.

Écoutez-la parler ! *On récolte ce que l'on a semé.* Sérieusement, elle a vraiment quinze ans ? On croirait ma mère. Dire qu'on s'embrassait hier encore.

– Manon, libère-moi, grince Jordan. Je ne le répéterai... *aïe !*

D'un geste, Manon lui tord les bras dans le dos. Ça a l'air super douloureux. Au temps pour la douceur.

– Ne m'explique pas ce que je dois faire, Jordan. Tu me donnes suffisamment d'ordres au quotidien.

Elle se place devant moi, assez près pour que je puisse l'étreindre. Entravé comme je suis, je me contente de soutenir son regard.

– Alexandre, comme tu dois t'en douter, Jordan sait que tu connais mes pouvoirs. Si jamais je ne lui obéis pas, il me dénoncera à ma famille. Je suis désolée.

Un soulagement indicible m'envahit. Manon n'a pas changé d'avis, elle est juste victime d'un chantage infâme ! Dans ce cas, tout va bien. Il suffit de casser la gueule au connard – ce qui semble bien parti – et nous pourrons repartir tranquillement vers le soleil couchant en chantant une chanson paillarde.

– Je comprends mieux. Libère-moi et je lui fais sa fête, à ce fils de...

– Non. Il a une vidéo de nous sur son téléphone et il en a fait des copies.

– S'il m'arrivait quoi que ce soit, ses parents découvriraient ton vrai visage, ricane Jordan. Je connais le père de Manon. Il ne prendra pas de gants avec toi.

Je le connais un peu aussi. Même si je ne me souviens pas de lui, on peut dire que nous sommes intimes. Je n'oublie pas que c'est lui qui m'a envoyé à l'hôpital et a effacé mes souvenirs.

On ne dirait pas, comme ça, mais j'ai la rancune tenace.

Seulement, je suis lucide. J'ai déjà du mal à me débarrasser d'une Ombre et le père de Manon fait partie des Mages les plus accomplis de son ordre. Il pourrait me vaincre d'un battement de cils. Alors je prends mon mal en patience.

– Voilà ce qui va se passer, explique froidement Manon. Je vais vous libérer tous les deux et vous allez vous serrer la main. Jordan, je respecterai ma part du marché – à condition que tu ne te comportes pas comme un abruti et que tu ne sautes pas à la gorge des gens qui comptent pour moi. Alexandre, je suis désolée, je fais ça pour te protéger. Je sais que tu n'es pas d'accord, que tu vas m'en vouloir, mais je ne vois pas d'autre solution. Et si tu te montres trop pressant, c'est moi qui modifierai tes souvenirs – au moins, je m'y prendrai délicatement.

– Tu parles d'une délicatesse, je grommelle. La dernière fois, tu m'as donné le pire mal de crâne de ma vie.

Manon tourne le dos à Jordan. Sa voix reste glaciale – pour une fille qui ne savait pas comment prendre sa vie en main, je trouve qu'elle progresse à grande vitesse. Pourtant, elle m'adresse un clin d'œil. Je me demande d'abord si je n'ai pas rêvé, si ce n'est pas une nouvelle manifestation de son Spectre.

Non, c'est bien un clin d'œil.

Elle n'a pas abandonné la partie, elle me demande simplement d'être patient.

Facile. La patience, ça me connaît.

Hum.

– Jordan, si je te libère, tu promets de ne plus agresser Alexandre ?

J'observe l'Américain d'un air goguenard. Il me foudroie du regard, furieux. Finalement, il hoche la tête.

– Tant que tu es à moi, *darling*. Tu verras que je suis quelqu'un de très compréhensif.

– T'as vraiment des méthodes de drague de merde…

– Alexandre, tais-toi. Tu promets de laisser Jordan tranquille et de ne plus chercher à me revoir ?

– Faudrait savoir, je me tais ou je réponds ?

Elle m'oppose un silence exaspéré. Je n'ai pas le choix. Il me reste à espérer qu'elle a un plan.

– OK, j'ai compris. Je tiens à mon cerveau. Je vous laisse en paix.

D'un seul coup, mes liens se détachent. Je manque perdre l'équilibre et me rétablis d'une main sur le mur. À côté de moi, Jordan se masse les poignets. Je m'apprête à me défendre s'il me saute dessus, mais il se contente d'un sourire cruel.

– On se reverra un jour, Alexandre.

– Un jour…

– Qu'est-ce qui se passe ici ?

Une voix horrifiée interrompt notre confrontation. M. Lheureux, le surveillant général, vient d'arriver dans le hall à la suite d'Éloïse. Son regard englobe la scène, Azur sur le sol, Jordan avec ses lunettes cassées, moi en pleine forme. Ses yeux s'étrécissent. Je sais ce qu'il pense.

Et merde.

MANON

Pour la première fois, je me retrouvais dans le bureau du proviseur. Jordan se tenait à ma gauche, Alexandre à ma droite, Éloïse sur le côté du bureau. Par un accord tacite, ils m'avaient laissé la place la plus exposée.

Seul Azur manquait à l'appel. M. Lheureux l'avait conduit à l'infirmerie. Je me demandai si ce n'était pas lui qui s'en sortait le mieux : il échapperait au sermon.

Ma scolarité s'était déroulée dans un calme parfait. Je n'avais jamais eu d'heures de colle. J'étais même passée au travers des punitions collectives grâce à mon comportement exemplaire (rétrospectivement, je commençais à réaliser que cela n'avait pas amélioré mon image auprès des autres élèves).

Et voilà que je me retrouvais devant les sourcils froncés du proviseur.

J'avais affronté des Ombres, des Mages Noirs, Jordan, sans parler de mes propres doutes. Je n'aurais pas dû me soucier du jugement des autres. Pourtant, je gardai les yeux baissés, rouge de honte.

– Qu'est-ce qui s'est passé dans ce couloir ? gronda le proviseur en nous dévisageant tour à tour. Je vous préviens, je ne tolérerai pas le moindre mensonge.

Seul le silence lui répondit. Les deux garçons s'ignoraient, l'air buté. Éloïse conservait un silence prudent.

J'étais surprise que Jordan n'ait pas utilisé ses pouvoirs sur le surveillant général. D'un battement de cils, il aurait pu effacer cet incident. Pourquoi s'était-il abstenu ? Certainement pas par souci des règles.

Contrarié, le proviseur réajusta ses lunettes sur son nez.

– Si vous persistez dans votre mutisme, je serai obligé de faire preuve d'une sévérité exemplaire. Je ne suis pas convaincu que vos parents apprécieront. Monsieur Dufour, j'ai déjà eu une discussion avec votre père. Il m'a paru tout à fait conscient de l'importance de l'enseignement.

Alexandre ne répondit pas. Il fixait la fenêtre, les lèvres pincées.

Le proviseur prit un ton de conspirateur.

– Et vous, monsieur Abbott, pourquoi gardez-vous le silence ? Je comprends que vous ayez peur, mais vous êtes en sécurité ici. Si vous voulez témoigner, vous en avez la possibilité.

Jordan leva les yeux. Une larme coulait sur sa joue. C'était décidément un excellent acteur. Pourtant, il ne parla pas, et le proviseur soupira.

– Nous en arrivons à vous, mademoiselle Lemans. Vous êtes dans notre établissement depuis la sixième, vous obtenez des résultats impressionnants, vous avez été déléguée de classe. Vos professeurs ne tarissent pas d'éloges à votre sujet. Pourriez-vous m'expliquer ce que vous faisiez dans ce couloir en compagnie de ces deux messieurs ?

Je regardai Alexandre, en quête de soutien, mais il détourna les yeux. Jordan arborait un demi-sourire indéchiffrable. Lentement, je secouai la tête.

– Je suis arrivée là par hasard, murmurai-je.

– Par hasard, répéta le proviseur. Et vous n'avez rien vu de ce qui s'est passé. Vous non plus, mademoiselle Letournel.

– Non, répondit Éloïse en avalant sa salive. J'ai... j'ai juste entendu du bruit, alors je suis allée chercher le surveillant général. Je ne suis au courant de rien.

– Je vois.

Le proviseur se tourna vers moi. Je n'avais pas l'habitude d'affronter son expression sévère, ses yeux accusateurs.

– J'ai un élève à l'infirmerie et un autre qui semble être passé sous un train. C'est grave, mademoiselle Lemans. Très grave. J'ai besoin de votre coopération.

Que pouvais-je lui dire ? La vérité ? Qu'Azur avait sauté sur Jordan mais avait perdu le combat ? Je doutais que le proviseur accepte l'idée qu'un délinquant reconnu se soit fait assommer par un maigrichon aux airs de poète maudit.

– C'est compliqué, commençai-je.

– Alexandre m'a agressé, me coupa Jordan.

Il avait son ton geignard des grands jours, et ses yeux humides renforçaient sa crédibilité. Même sa posture, avachi sur sa chaise, les épaules tombantes, contribuait à lui donner un air de victime. C'était du grand art.

– Je vous écoute, déclara le proviseur.

– Je ne sais pas ce qui s'est passé entre Alexandre et son ami. Lorsque je suis arrivé, cet… Azur se trouvait déjà par terre. Je lui ai demandé si ça allait, et Alexandre m'a sauté à la gorge. Si le surveillant n'était pas arrivé…

Sa voix se brisa et je compris soudain pourquoi il n'avait pas utilisé sa magie sur M. Lheureux. Il souhaitait se retrouver ici ! Alexandre traînait suffisamment de casseroles pour que sa parole manque de poids.

Dès le début de la discussion, le proviseur avait eu son idée sur les événements et le témoignage de Jordan suffirait à le convaincre.

– C'est lui qui a tabassé Azur, grogna Alexandre. Pourquoi est-ce que j'aurais cogné un de mes potes ? Quand je suis arrivé, il était en train de s'acharner sur lui. J'ai essayé de les séparer.

– Bien sûr, soupira le proviseur. Je ne veux pas vous vexer, mais j'ai du mal à vous croire.

– Pour quelqu'un qui ne veut pas me vexer, c'est raté. Vous me traitez de menteur, c'est ça ?

Je gémis intérieurement. Alexandre n'avait jamais su se montrer diplomate. Le proviseur soutint son regard sans faiblir ; il en avait vu d'autres.

– Je ne porte aucune accusation, je me contente de vous écouter. Simplement, vos versions sont très différentes. Quant à mademoiselle Lemans, elle semble avoir avalé sa langue.

– Attention à toi, *darling*, me souffla un courant d'air à l'oreille.

Ce fut cette voix qui me décida. Je ne savais pas dans quoi je m'engageais, mais il était hors de question de me laisser dicter ma vie.

– Alexandre dit la vérité, marmonnai-je. C'est Jordan qui se battait contre Azur.

Le proviseur dissimula avec peine sa stupéfaction. Il se pencha en avant.

– Vous êtes sûre de vous ?

– Manon est amoureuse d'Alexandre, intervint Jordan d'une voix désespérée. Ils sortent ensemble depuis une semaine. Bien sûr, elle le couvre.

Les sourcils du proviseur s'arquèrent de nouveau. Il me jaugea comme s'il me voyait pour la première fois.

– Est-ce vrai, mademoiselle ?

De quel droit me posait-il des questions sur ma vie privée ? J'ouvris la bouche, balbutiai une protestation, mais Jordan s'engageait déjà dans la brèche. Je réalisai soudain qu'il avait fermé les yeux.

Il plongeait dans le Violet ! Avec ses maudits pouvoirs, il ferait du proviseur sa marionnette !

– Ne me mentez pas, menaça le proviseur. Cette histoire est très sérieuse.

– Tu l'as entendu, chantonna le souffle à mon oreille. Ne risque pas ta scolarité pour cet abruti.

Je m'efforçai d'ignorer la menace. Je regardai Alexandre, impassible, les bras croisés.

Je me savais néophyte avec le Violet, mais je ne pouvais rester sans agir.

Je fermai les yeux à mon tour et plongeai dans le Spectre.

Le Noir ronronna en me voyant arriver, comme un chat ravi du retour de sa maîtresse. J'ignorai la présence féline pour me gorger de Violet. Je rouvris les yeux... et étendis les bras pour me stabiliser. Je tombais en arrière !

La Couleur disparut alors que je m'effondrais sur le sol.

– Monsieur Dufour, que faites-vous ?

La voix cinglante du proviseur m'incita à lever les yeux. Alexandre avait étendu son bras et, presque négligemment, m'avait renversée de ma chaise.

Un sourire goguenard apparut sur son visage. Il fouilla dans ses poches et en sortit un cure-dents malgré le regard furieux du proviseur.

– Ouais, d'accord, désolé, c'est ma faute. C'est moi qui ai attaqué Jordan, c'est moi qui ai menacé Manon pour qu'elle me couvre. Je suis le seul coupable ici.

– Mais... protestai-je.

– Toi, ta gueule, si tu veux pas que je te fasse sauter la mâchoire. Déjà que t'as les dents du bonheur, ta mère risquerait de ne pas te reconnaître.

Je clignai des yeux, stupéfaite. Ce n'était pas l'Alexandre que je connaissais. Jordan le contrôlait-il ?

Non. Il fixait Alexandre, aussi surpris que moi, les yeux écarquillés.

– Monsieur Dufour, votre conduite est inacceptable. Vous...

– J'ai dit que c'était ma faute, vous n'allez pas continuer à me saouler. Vous allez faire quoi, me virer ? Vous savez quoi ? Je me barre. Comme ça, je vous épargne cette peine.

– Monsieur Dufour...

Alexandre se leva puis sortit de la pièce sans nous regarder. Le proviseur était debout, frémissant sous l'outrage. Il eut besoin de quelques secondes pour parvenir à articuler sa sentence.

– Mademoiselle Lemans, j'ai bien compris que vous aviez parlé sous la menace et j'en tiendrai compte dans mon jugement. Pourtant, vous devriez savoir que je n'apprécie pas les mensonges. Quant à vous, monsieur Abbott, je suis désolé de l'accueil que vous avez reçu dans notre établissement. Les amis de monsieur Dufour seront surveillés de très près pour éviter toutes représailles. Mademoiselle Letournel, je vous remercie d'avoir prévenu un surveillant. C'est tout. Regagnez vos classes, et merci de ne pas ébruiter cet épisode.

Je quittai le bureau, perdue dans mes pensées. Lorsque nous avions pris un verre ensemble, Alexandre m'avait expliqué à quel point son père pouvait se montrer brutal lorsque la scolarité était en jeu. Sa famille ne roulait pas sur l'or ; s'il était expulsé du lycée, que deviendrait-il ? Pourquoi avait-il agi ainsi ? Il avait renversé ma chaise pour m'empêcher d'utiliser le Violet.

– Alexandre, il est fini, *yes* ? chuchota Jordan en me prenant le bras. Désormais, *it's you and me.*

– Depuis le début, tu voulais le faire renvoyer, l'accusai-je.

– C'est mieux pour tout le monde. Et puis, maintenant que tu ne le verras plus, tu n'auras plus de tentations. Je te promets de le laisser tranquille. Il peut vivre sa vie où il veut, dans un autre lycée, avec une autre fille.

– J'ai besoin d'air.

Je m'écartai de Jordan. Il me souffla un baiser avant de se diriger vers notre salle de cours.

Je m'adossai à un mur et le suivis du regard jusqu'à ce qu'il disparaisse à l'angle du couloir. Distraitement, je tripotai ma queue de cheval. Mon portable vibra et je le récupérai avec une hâte inconvenante.

Alexandre, bien entendu.

Désolé pour tout à l'heure, mais il avait toutes
les cartes en main. C'est comme au poker,
quand j'ai un mauvais jeu je me couche.

De quoi parlait-il ?

Tu t'es fait virer du lycée ! Que va dire ta famille ?

La réponse mit du temps à arriver. Je me rongeai les sangs, consultai ma montre. En l'espace de deux jours, j'avais raté un contrôle, le proviseur m'avait convoquée… et voilà que je séchais un cours.

Tant que j'étais au lycée, il pouvait utiliser sa magie contre moi. Maintenant, il faudra d'abord qu'il me trouve. Je lui réserve quelques surprises. Et on va régler cette histoire de chantage.

Pour un délinquant et un redoublant, il tapait ses textos sans la moindre faute. Une bouffée d'émotion m'envahit devant cette constatation ridicule.

Et tu comptes faire quoi contre lui, gros malin ?

Le froid de la rue m'envahit soudain. D'un battement de cils, je réchauffai l'air autour de moi. Jordan avait raison, finalement. La magie était faite pour être utilisée. Tant que je ne nuisais à personne, je pouvais m'offrir la caresse d'un soleil absent contre ma peau.

Oui, tant que je ne nuisais à personne. Voilà la différence entre nous. Lui se considérait au-dessus des humains. Il les voyait comme des jouets.

Mon portable vibra.

> Pour commencer, retrouver cette vidéo et ses copies. Ensuite, lui casser la gueule.

J'avais l'impression de devenir de plus en plus rebelle. Alexandre, lui, ne changeait pas d'un iota.

ALEXANDRE

L'avantage d'être renvoyé, c'est qu'on n'a plus à assister aux cours. J'erre dans les rues, les mains dans les poches, le nez au vent. Il fait froid, mais ma veste en cuir suffit à me réchauffer.

Manon était prête à utiliser ses pouvoirs contre le proviseur. Elle avait fermé les yeux avec cette expression intense que je connaissais bien.

Je ne sais pas pourquoi ça me dérange. Jusqu'ici, malgré ses inquiétudes, malgré le Noir, elle a gardé une certaine pureté. Si elle commence à se comporter en Sith Lord, je risque de mal le vivre.

Surtout, je n'ai pas envie de rester dans l'entourage d'un mec comme Jordan. Dans un ring, pouvoirs ou pas, je l'étale. J'ai senti ses doutes dans le couloir tout à l'heure.

Seulement, s'il décide que je suis trop dangereux, il arrêtera de jouer. Il m'agressera lorsque je ne m'y attendrai pas, et je ne verrai pas la corde d'air qui m'étouffera ou la boule de feu qui me carbonisera. Il pourra même faire passer ça pour un accident. Je n'ai pas oublié la canalisation de gaz.

Si une bourrasque me projette devant une voiture, personne ne se posera de questions.

Non, mon instinct me crie de battre en retraite. Pour l'instant.

En attendant, il va falloir que je temporise avec mon père, et c'est une autre histoire.

Mes pas me conduisent jusqu'au gymnase où je prends mes cours de boxe. Il n'y a pas grand monde à cette heure-ci. J'enfile des gants, m'échauffe puis frappe dans le sac. Ça a le mérite de me vider l'esprit. Manon n'a pas répondu à mon dernier texto.

Lorsque le téléphone vibre dans ma poche, je m'y prends à deux fois pour le sortir à cause de mes gants. C'est Charles.

Putain, qu'est-ce que t'as foutu ? Paraît que t'es viré ?

Les nouvelles vont vite. Une seconde plus tard, j'ai droit au commentaire de Fred :

C'est quoi ces conneries ? T'as merdé, mec !

Ce qui est bien avec les amis, c'est qu'ils vous soutiennent dans les coups durs.

Azur ne m'a encore rien envoyé. Il doit toujours se trouver à l'infirmerie. J'espère que ce n'est pas trop grave.

Je rempoche mon téléphone sans répondre et reprends l'entraînement. La priorité, c'est de m'occuper de Jordan. Pour ça, il me faut un plan.

La meilleure solution, ce serait de trouver la fameuse vidéo compromettante et ses copies. Une fois que Jordan n'aura plus de preuves, Manon pourra effacer ses souvenirs. Tant mieux si elle se débrouille mal, ça sera d'autant plus douloureux.

– Eh bien, tu es là, toi ?

Je me retourne. Le coach se tient devant moi en tenue de ville. C'est étrange de le voir autrement qu'en survêtement.

– Coach. Ouais, j'avais un peu de temps à tuer.

– Tu as réfléchi à ce que je t'ai dit ? Sur la possibilité d'intégrer l'Institut National du Sport ?

Avec toutes ces histoires, sa proposition m'était sortie de la tête. Mon dernier entraînement l'a convaincu que j'avais un avenir dans la boxe. Il m'a suggéré d'intervenir pour que je puisse rejoindre un cursus sportif.

– Ouais, bien sûr. Et ça me motive grave.

– Tu es sûr ? La dernière fois, tu semblais hésitant.

La dernière fois, je me demandais s'il n'était pas une Ombre.

– Je suis sûr. Faut faire quoi ?

– Toi, pas grand-chose pour l'instant. De mon côté, je vais prendre contact avec le directeur technique national. Il viendra observer quelques matchs, histoire de te jauger. C'est lui qui proposera ton nom à l'approbation. Je te préviens, ce n'est pas gagné d'avance. Des ados doués, il y en a beaucoup. Tu devras faire la différence.

– Et s'il me prend ?

– Alors tous les espoirs te sont permis. Tu rejoindras une école aux horaires aménagés, avec des entraîneurs, des préparateurs physiques et des adversaires à ta hauteur. De quoi révéler ton potentiel.

Rien que d'y penser, j'en ai les yeux qui brillent. Un rêve de toute une vie qui se concrétise. Je suis bercé depuis l'enfance par les histoires de mon père, les vieilles cassettes VHS de ses combats sur le ring. C'est lui qui m'a transmis le virus, qui m'a donné envie de frapper dans un sac à l'âge où les autres enfants jouaient aux Pokémon.

Le lycée Pasteur, c'est fini pour moi. Le proviseur ne voudra jamais me reprendre. Alors trouver une alternative, à ce moment précis, c'est presque trop beau pour être vrai. Peut-être même que, grâce à ça, mon père ne me tuera pas en apprenant mon renvoi.

Peut-être.

– Dans combien de temps j'aurai une réponse ?

Le coach ricane.

– Voilà, j'aime mieux ça. Du feu dans les yeux, les mâchoires serrées. T'es un battant, fils, il faut le montrer. Si je me dépêche, ils t'observeront courant janvier. Ils rendront un avis pour la prochaine rentrée scolaire.

J'essaie de dissimuler ma frustration.

– Ça ne pourrait pas être plus rapide ?

– Tu penses qu'ils n'ont que toi à voir ? Tu es prometteur, Alexandre, mais ces gars-là font la pluie et le beau temps sur la planète boxe. Je ne peux pas…

– J'ai été viré du lycée.

Le coach me regarde comme s'il me découvrait pour la première fois. La sueur qui me dégouline sur le visage, les gants déformés à force d'avoir cogné le sac, le tee-shirt qui me colle à la peau.

– Ah, fait-il.

Rien de plus, juste *ah*. Et pourtant, il y a dans cette syllabe toute la compréhension du monde.

Il se détourne d'un pas lent, dépasse deux athlètes en plein exercice avant de disparaître au coin du vestiaire.

Je n'ai pas le temps de me demander si je dois l'attendre qu'il revient déjà. Il tient deux canettes de bière dans la main et m'en lance une. Je l'attrape – elle est glacée.

– Il y a des moments où la seule chose à faire, c'est boire, observe le coach avec philosophie.

Je ne peux qu'acquiescer. Ce n'est pas recommandé après l'entraînement mais si c'est lui qui me le propose…

– Et ton père ? Il le vit comment ?

– Il ne le sait pas encore.

– Ah.

De nouveau ce *ah* plein de sagesse. Le coach prend une gorgée de bière puis s'essuie la bouche du revers de la main.

– Je vais appeler mon contact, voir ce qu'il peut faire. Ne t'attends pas à un miracle, les admissions en cours d'année sont aussi rares que les vierges qui enfantent des messies. Si ça donne quelque chose, tu pourras brûler un cierge.

– Je suis pas croyant, coach.

Il sort de sous sa chemise une médaille de Marie et l'embrasse tendrement.

– Raison de plus. Si un mécréant comme toi parvient à réaliser l'impossible, c'est la preuve absolue que Dieu existe.

Il hésite un instant avant de continuer :

– Je crois en toi, Alexandre. Ton combat contre Sam était impressionnant. Alors je vais passer ce coup de fil. Et je vais activer mon réseau. Assure-toi juste de ne pas me ridiculiser devant le directeur technique. Reviens demain et je te donne la réponse, OK ?

Je hoche la tête. Il n'y a plus qu'à attendre. Et éviter mon père. J'imagine que le proviseur l'a déjà prévenu.

Il faut que je trouve un point de chute pour la nuit. J'appelle Charles pour prendre des nouvelles d'Azur, et accessoirement lui demander s'il peut m'héberger. Après deux sonneries, j'entends une respiration précipitée. Charles est en train de courir.

– Hé, ça va ? je demande.

– Alexandre ! Ça chauffe, ramène ton cul !

Halètement. Cavalcade.

– Qu'est-ce que tu fous ? T'es pas au lycée ?

Un coup d'œil à ma montre me révèle qu'il est bientôt dix-huit heures. Je n'ai pas vu le temps passer ; les cours sont terminés depuis longtemps.

– Les mecs de Falguière nous...

La communication grésille. Je hurle dans le portable malgré les regards des autres boxeurs.

– Quoi, Falguière ? Qu'est-ce qui se passe ?

– ... ils nous sont tombés dessus. Pour la beuh. Fred est coincé dans le parking de Montparnasse.

Voilà pourquoi ça capte mal. En sous-sol, les opérateurs sont tous aussi mauvais.

– Bougez pas, j'arrive !

– Azur est là mais il est pas en super forme. Je les ai perdus de vue, putain !

Il raccroche et je reste comme un abruti. Pendant que je rêve d'une carrière de boxeur international, mes potes se retrouvent dans la merde. Je *savais* que cette histoire de drogue était une mauvaise idée.

Je regarde autour de moi avec un drôle de vague à l'âme. Le ring, les sacs de frappe, les vestiaires. Si je viens à la rescousse de mes amis et que les flics interviennent, je peux dire adieu à ma licence. Adieu à mon avenir.

Ce sont mes potes. Ils passeront toujours avant le reste.

J'attrape mon sac sans prendre le temps de me changer et me précipite dans la rue. Je bondis par-dessus une borne Vélib' et accélère encore.

Mon téléphone vibre. Je m'en empare d'une main fiévreuse et crie :

– Ça va, vous tenez le choc ? Je suis en route !

Une pause au bout du fil, puis une voix féminine :

– En route vers où ? Alexandre, c'est Manon. Tu vas bien ?

Il ne manquait plus qu'elle.

– Je ne peux pas te parler maintenant !

– Qu'est-ce qui se passe ? J'ai réussi à semer Jordan, je voulais qu'on se voie.

Rien ne m'aurait fait plus plaisir – mais pas tout de suite. Je commence à manquer de souffle.

– Je dois aider mes potes, on se reparle après ?

– Si je rentre trop tard, mes parents vont s'inquiéter. Alexandre, il faut qu'on parle. C'est important.

– Pas autant que mes amis en train de se faire tabasser !

– Qu'est-ce que tu racontes ? Où sont-ils ?

– Au parking du centre commercial de Montparnasse.

Je me foutrais des baffes. Pourquoi est-ce que je lui ai répondu ? Cette fois-ci, elle n'a utilisé aucune magie. C'est juste moi et ma grande gueule.

– J'arrive.

Elle a raccroché.

Merde.

MANON

Finalement, Alexandre était le plus intelligent de nous deux. Il avait trouvé un moyen de fuir Jordan alors que je restais sous son emprise.

Les cours de l'après-midi se déroulèrent dans un ennui affreux. Éloïse tenta d'engager la conversation mais je la rabrouai sèchement et elle s'enferma dans un silence plein de dignité. En d'autres circonstances, je me serais excusée – la pauvre n'y était pour rien. Aujourd'hui, je n'avais qu'une envie, quitter le lycée et parler à Alexandre.

Lorsque la sonnerie retentit, je ramassai mes affaires et me précipitai dehors. Si j'entendais un *darling* sirupeux de plus, j'allais exploser.

Je me dissimulai derrière le préau, le cœur battant, et attendis le départ de Jordan. Malgré ma faible affinité avec le Violet, je tissai une illusion autour de moi pour le décourager de fureter dans le coin.

J'aurais dû m'épargner cette peine. Pour la première fois depuis longtemps, je n'étais plus le premier de ses soucis. Les sourcils froncés, il passa devant moi, pendu à son téléphone.

Une bulle d'air protégeait sa conversation – un signe qui décupla ma curiosité. J'aurais pu amplifier mon ouïe, mais cela aurait nécessité d'abandonner le Violet et de détruire mon sortilège. Je ne supprimai la toile qu'une fois certaine qu'il avait quitté le lycée.

Il fallait que je parle à Alexandre. Son dernier texto me remplissait d'inquiétude. Je l'imaginais bien chercher seul les copies du chantage de Jordan et se lancer à corps perdu dans une aventure qui le dépassait.

Il ne pouvait réussir sans moi. Il avait *besoin* de moi.

Je réalisai que j'avais déjà accepté son idée et que j'allais moi aussi tenter de réduire Jordan à l'impuissance. Rien ne me plairait plus que de détruire ses souvenirs, et tant pis si ma manipulation échouait. Il pourrait s'estimer heureux de s'en sortir avec un simple mal de crâne.

Je poussai la grille, puis téléphonai à Alexandre. Il décrocha aussitôt :

– Ça va, vous tenez le choc ? Je suis en route !

J'entendis des klaxons derrière lui. Il devait être sur un grand boulevard et, d'après sa respiration haletante, en pleine course

– En route vers où ? Alexandre, c'est Manon. Tu vas bien ?

– Je ne peux pas te parler maintenant !

Je grimaçai. Je n'imaginais pas nos retrouvailles ainsi.

– Qu'est-ce qui se passe ? J'ai réussi à semer Jordan, je voulais qu'on se voie.

– Je dois aider mes potes, on se reparle après ?

– Si je rentre trop tard, mes parents vont s'inquiéter. Alexandre, il faut qu'on parle. C'est important.

– Pas autant que mes amis en train de se faire tabasser !

Je levai les yeux au ciel, exaspérée. Le problème d'Alexandre, ce n'était pas son fichu caractère mais ses fréquentations. Comme un écho, les paroles de ma mère me revinrent à l'esprit, la première fois que nous avions parlé de lui.

Je trouve juste qu'il n'a pas l'air très sérieux.

– Qu'est-ce que tu racontes ? Où sont-ils ?

– Au parking du centre commercial de Montparnasse.

Alexandre avait découvert mon monde, je me devais de plonger dans le sien. À entendre l'inquiétude dans sa voix, il allait au-devant de graves ennuis. Il était temps de l'aider à mon tour.

– J'arrive.

Je raccrochai pour ne pas entendre ses protestations stupides. Il trouverait le moyen de me dire que j'avais tort, que je ne devais pas me mettre en danger, que ce n'était pas ma place.

Que savait-il du danger, lui qui n'avait jamais erré dans les méandres d'une prairie imprégnée de Noir, à se débattre pour ne pas plonger dans le néant ? Pour qui me prenait-il, une princesse de jeu vidéo à sauver ?

Je savais où se trouvait le parking de Montparnasse, pour avoir souvent fait des courses au centre commercial avec Éloïse. Rien que de repenser à elle, je me sentais coupable. Elle ne comprendrait pas pourquoi je la délaissais.

Je remontai le boulevard jusqu'au pied de la fameuse tour puis pénétrai dans le parking. L'odeur d'urine me prit à la gorge et je m'arrêtai net.

Ce n'était pas seulement l'odeur. Si j'avais bien compris Alexandre, ses amis se battaient en dessous. Je risquais d'arriver en pleine bagarre. Je n'avais aucun doute sur mes capacités, mais j'imaginais déjà les réactions si je commençais à projeter des gens en l'air ou à les immobiliser avec des liens invisibles.

Aucune manifestation des Couleurs n'était particulièrement subtile, lorsqu'on y réfléchissait. Ou alors on en revenait au Violet et à mes lacunes dans ce domaine. Jordan se permettait d'utiliser le Rouge pour simuler une connaissance des arts martiaux – je me voyais mal l'imiter. Une super-vitesse ou une force exceptionnelle ne m'apprendraient pas à me battre. Je ne savais même pas comment fermer le poing pour ne pas me casser les phalanges !

Je restais là, devant la porte, mon col relevé contre mon nez, lorsque la réalisation me frappa.

Ce n'était pas le Rouge, ma Couleur.

Ni le Violet.

Le Noir était ma Couleur.

Le cœur battant, je pénétrai dans le parking. Je ne pressai pas la minuterie, appréciant la nuit qui m'environnait. Pour la première fois, j'avais le sentiment d'être à ma place.

Lorsque je fermai les paupières, le Spectre bondit à ma rencontre. J'esquissai un sourire d'excuse et plongeai vers le Noir. Je ne m'y étais pas risquée depuis que j'avais tenté de créer une Ombre chez Alexandre, pourtant je n'avais aucun doute sur le résultat.

Je me retrouvai de nouveau au centre d'une lande obscure. L'herbe morte crissait sous mes pieds et l'air sentait la poussière. Même si l'odeur âcre me prenait à la gorge, cela valait mieux que les relents d'urine du monde réel.

Je marchai dans la lande déserte, m'imprégnai de tout le pouvoir possible avant de rouvrir les yeux. Je tendis les mains vers l'obscurité et la nuit *ondula*.

Une fois.

Deux fois.

Trois fois.

Je modelai les ténèbres vers le haut, façonnai un tronc, des bras, des jambes, un visage. Ce n'était pas si compliqué lorsqu'on acceptait le principe et que l'on bannissait la peur.

D'une pensée, je forgeai un visage qui ressemblait vaguement à celui d'Alexandre, puis changeai quelques détails. Un nez plus épaté. Une dent ébréchée. Des yeux couleur de boue.

Je m'arrêtai et l'Ombre mit un genou à terre.

– Un plaisir de vous voir, Maîtresse.

Elle avait la même voix que celle qui avait traqué Alexandre sans relâche. Pourtant, cette fois, je savais qu'elle m'obéirait.

– Tu vas m'accompagner dans ce parking et tu me protégeras si quelqu'un essaie de m'agresser. Uniquement en utilisant le Rouge. Aucune manifestation visible de magie, d'accord ?

– D'accord, acquiesça l'Ombre en souriant.

Les muscles roulaient sous sa peau. J'avais volontairement choisi une apparence intimidante pour que sa force ne surprenne personne.

Il ne restait plus qu'à lui trouver un nom. Je repensai à ceux des Ombres de Fabrice : Adramelech ou Cimeries, de quoi vous écorcher la langue. Un dessin animé de Walt Disney que j'appréciais beaucoup me revint en mémoire.

– Tu vas t'appeler Gaston, parce que le plus fort, c'est Gaston, affirmai-je.

L'Ombre se contenta de hocher la tête. Elle ne ressemblait plus à un être de ténèbres, mais avait revêtu l'apparence d'un adolescent de mon âge, grand et large d'épaules, la démarche pataude.

– Je m'appelle Gaston, confirma-t-elle.

C'était si facile. Toute ma vie, on m'avait répété que les Ombres étaient le mal incarné, que les Mages Noirs sacrifiaient des vierges sur des pentacles, et voilà que je venais d'en créer une sans la moindre difficulté.

Désormais, j'allais pouvoir jouer le rôle de la jeune fille fragile, mon Ombre serait là pour me protéger.

Je m'apprêtais à dévaler les marches à la recherche d'Alexandre lorsque la porte du parking pivota. Je me plaquai contre un mur dans un réflexe de survie.

Il pouvait s'agir d'un simple usager.

Ou bien de Jordan.

Mais la silhouette qui se glissa dans l'embrasure me laissa bouche bée.

– Manon ! Qu'est-ce que tu fais ici ? demanda Éloïse.

Elle se faufila dans le hall, jeta un œil à Gaston, puis croisa les bras dans une attitude de défi.

– Et c'est qui, lui ? Encore un nouveau garçon ?

– Éloïse... qu'est-ce que tu fais là ?

– C'était ma question, je te rappelle. Moi, j'ai une raison de me trouver dans ce parking glauque : je t'ai suivie. Mais toi ?

J'avais annulé mon invisibilité lorsque Jordan avait quitté le lycée. Je n'aurais jamais pensé qu'Éloïse...

– Pourquoi est-ce que tu m'as suivie ?

Ma meilleure amie explosa.

– Alors ça, c'est la meilleure. Ça fait des jours qu'on n'a pas eu une vraie conversation, tu te contentes de marmonner en cours, tu ignores mes appels, tu ne me racontes plus rien de ta vie. Tu me demandes de chercher un surveillant, j'en ramène un, et depuis tu me fais la tête ! Je te rappelle qu'on est censées être amies, BFF, *Best Fucking Friend*, ça te dit quelque chose ?

– *Best Friends Forever*, corrigeai-je machinalement.

– Je préfère ma version ! Et ce n'est pas tout, on n'a même pas parlé de ce qui s'est passé chez le principal. Et surtout, surtout...

Je la dévisageai, ses cheveux plaqués sur son visage émacié, ses yeux brûlants de colère, ses gestes désordonnés. Qu'allait-elle encore me sortir ? Pourvu qu'elle n'ait pas, elle aussi, découvert mes pouvoirs !

– Surtout, je ne comprends plus rien à ta vie amoureuse. Jordan, Alexandre... Et lui, c'est qui ? Du jour au lendemain, tu te transformes en séductrice et tu n'en discutes même pas avec moi. Maintenant que tu as tous les garçons à tes pieds, je n'ai plus aucune importance pour toi, c'est ça ? Dans un parking, en plus. C'est glauque, comme lieu de rencontre. Tu tournes mal, Manon, et je ne te laisserai pas devenir une Clara-bis.

J'oscillais entre l'indignation et l'envie de rire. À entendre Éloïse, j'étais devenue une vraie femme fatale.

Ce furent le soulagement et la tendresse qui gagnèrent le combat. Elle n'était au courant de rien, elle tenait à moi et je l'avais délaissée.

– Éloïse, soufflai-je. Je suis désolée, c'est vrai que je t'ai négligée ces derniers temps. Alors voilà, je te présente Gaston. C'est mon cousin. Je crois que tu l'as traumatisé avec ta tirade.

L'Ombre s'avança et lui tendit la main avec un sourire éclatant. Éloïse rougit. Elle la serra en détournant les yeux. Bon sang, à force de penser à Alexandre en modelant les ténèbres, j'avais créé une Ombre trop séduisante.

– Ton cousin ? Ah bon ? Je ne savais pas que tu en avais un.

– Tu ne connais pas tout sur moi, répondis-je d'un ton que j'espérais mystérieux.

– Oui, comme : *pourquoi est-ce que tu vois ton cousin dans un parking ?* ricana Éloïse. Non, sérieusement, ce ne sont pas mes affaires, mais qu'est-ce que tu fais là ?

J'envisageai un instant d'utiliser le Violet pour lui suggérer de rentrer chez elle. Non, pas elle, pas ma BFF – quoi que ce sigle veuille dire. Je lui devais la vérité. Une partie, tout du moins.

– Quand j'ai appelé Alexandre, il courait aider ses amis qui se battent dans ce parking. Enfin, je crois. Je ne pouvais pas rester les bras croisés. Alors j'ai demandé à Gaston de m'accompagner. Il pratique les sports de combat, il est plutôt costaud.

– Je m'en rends compte, apprécia Éloïse en ronronnant. Et tu es dans quel lycée ?

L'Ombre ne répondit pas alors que mon cerveau tournait à vide. Lorsque je trouvai enfin la réponse, ce fut Gaston qui la prononça :

– En terminale. À Fénelon.

– Ah, génial ! En terminale, hein ?

Oh non, elle n'allait pas tomber amoureuse d'une Ombre ? Même si ça ferait un superbe titre de livre.

– Bon, abrégeai-je, il faut qu'on y aille, sinon ça n'aura servi à rien de venir. J'espère qu'il n'est pas trop tard. On se voit après si tu veux ?

– Pas question. Je suis là, je ne te lâche plus. C'est génial, c'est comme au cinéma !

Tout en parlant, elle dévorait Gaston du regard. Je gémis intérieurement.

– D'accord mais reste en arrière et laisse mon cousin gérer. Il sait se battre, pas nous.

– Tu serais étonnée. Il y a de ces relous quand je bosse au fast-food ! Parfois je suis obligée de…

Puis elle s'interrompit car je m'engageais dans l'escalier.

Les rangées de voitures alignées ne m'inspiraient aucune confiance. Si j'étais une bande d'adolescents attardés saturés d'hormones, où irais-je me battre ?

La réponse me sauta aux yeux : à l'étage le plus profond, probablement le moins fréquenté. Je continuai à descendre palier après palier, jusqu'à atteindre le niveau –5.

L'éclairage au néon animait les ombres autour de nous. L'odeur m'agressait la gorge.

– C'est glauque, ici, marmonna Éloïse.

– Tu peux encore rebrousser chemin.

– Non, non. Mais… euh, Gaston, ça ne te dérange pas si je te prends le bras ?

Il resta stoïque alors qu'elle se pendait à ses biceps.

– J'entends des cris, se contenta-t-il d'observer.

– Ah bon ? Moi, je n'entends rien, déclara Éloïse en frissonnant.

Moi non plus. J'avais permis à Gaston d'utiliser le Rouge ; il devait s'en servir sans vergogne. Je le laissai prudemment passer devant. Un coup d'œil à mon téléphone me confirma qu'il n'y avait plus de réseau.

Bientôt, mes oreilles humaines finirent par percevoir le bruit d'un combat. Je contournai une vieille voiture couverte de poussière et aperçus enfin Alexandre.

Il était debout au milieu de la mêlée, les cheveux en bataille, les yeux étincelants. Azur était étendu au sol, Fred se battait contre deux adversaires, Charles agitait une barre de fer avec laquelle il tenait en respect un lycéen qui brandissait un couteau d'un air menaçant. Deux garçons gisaient à terre, assommés pour le compte.

Toute ma belle confiance s'évapora. La magie pouvait régler bien des situations, mais je ne survivrais pas à trois pouces d'acier dans le ventre, Spectre ou pas Spectre.

Gaston sentit mon inquiétude et un grondement s'échappa de sa gorge.

Alexandre se retourna. Il avait l'arcade sourcilière fendue et du sang coulait sur sa joue. Ses yeux s'écarquillèrent en me reconnaissant.

– Tu n'aurais pas dû venir ! siffla-t-il. Ce n'est pas ton monde !

Il bloqua l'attaque d'un garçon aussi obèse que haut et l'envoya au sol d'un direct impitoyable. Le néon grésilla, éclairant la scène d'une lueur éthérée.

– Gaston ! ordonnai-je.

L'Ombre se libéra de l'emprise d'Éloïse et se jeta en avant. Elle fila d'abord vers Fred, qui donnait des signes de faiblesse. Son bras s'interposa pour dévier un coup de pied. Elle riposta, envoya un ennemi au sol, puis un autre.

– C'est qui, celui-là ? demanda Fred en profitant du répit pour reculer d'un pas.

– Le mec de Balai à Chiottes, on dirait, haleta Charles avec un sens de la diplomatie hors norme.

Alexandre resta muet. Il se contenta de dévisager Gaston avec un drôle d'air. Avait-il compris qu'il s'agissait d'une Ombre ?

En tout cas, elle montrait une efficacité brutale. Galvanisés, Alexandre et ses amis se jetèrent dans la mêlée avec une férocité renouvelée. Bientôt, leurs assaillants reculèrent puis s'enfuirent sans demander leur reste.

Je m'adossai au mur et poussai un soupir de soulagement.

La porte à côté de moi pivota ; une paume se posa sur ma bouche. Je me débattis, mais mon agresseur avait une poigne de fer. Je m'apprêtais à saisir le Spectre lorsque le contact glacial d'une lame contre ma gorge me fit changer d'avis.

– Pas mal, pour des gamins. On arrête de jouer, maintenant. Si vous bougez ne serait-ce qu'un muscle, je la bute.

Alexandre me regarda, les bras ballants. Il était rapide, je le savais, mais trop loin de moi. Charles semblait hésiter à lancer sa barre de fer comme un javelot. Fred, accroupi à côté d'Azur, restait sans réaction. Gaston me couvait de son regard insondable. Peut-être pouvait-il agir. Comment ? Même s'il utilisait d'autres Couleurs que le Rouge, la moindre erreur se paierait cher pour moi.

Je m'efforçai de ne pas déglutir tant la lame était proche de ma trachée.

– Lâche cette barre de fer, toi. Lentement. Sortez tous la drogue que vous avez dans vos poches, si vous ne voulez pas que ça se termine mal. Et vos portefeuilles pendant que j'y suis.

Alexandre s'exécuta. Charles hésitait, mais il lui lança un coup d'œil noir et son ami finit par lâcher sa barre. C'était injuste. J'étais venue les aider, et voilà que…

Sombre.
Noir.
Obscur.
Nuit.
Ténèbres.
Néant.

Et voilà que…

Sombre.
Noir.
Obscur.
Nuit.
Ténèbres.
Néant.

Et voilà que...

Je sentis de nouveau *une présence* bouger en moi, et une décharge me parcourut des pieds à la tête.

La pression contre mon cou se relâcha.

Le couteau à cran d'arrêt glissa sur le sol.

Mon agresseur s'effondra sans un bruit.

Je me retournai, choquée. C'était un homme d'une vingtaine d'années qui me regardait sans me voir, les yeux grand ouverts.

– Qu'est-ce qui s'est passé ? souffla Fred.

– Oh putain, il est mort ? demanda Charles en se rapprochant.

Alexandre me fixait, incrédule. Éloïse porta les mains à sa bouche, horrifiée. Un léger sourire flottait sur les lèvres de Gaston.

Je plongeai dans le néant.

ALEXANDRE

Qu'est-ce qui vient de se passer, exactement ?

Le mec est sorti de nulle part, il contrôlait la situation… et le voilà à terre. Je m'approche et cherche son pouls.

Rien.

Rien.

Un battement.

– Il est en vie. Enfin, je crois. C'est très faible.

– Qu'est-ce qui lui est arrivé ? grogne Charles en se rapprochant. On aurait dit une crise cardiaque.

Manon va avoir des explications à fournir. Pour l'instant, je ne croise pas son regard. Il faut détourner l'attention avant que les questions ne deviennent trop gênantes.

– C'est peut-être ça. Le stress, la pression, ça rendrait malade n'importe qui. En tout cas on s'en fout, on se barre d'ici avant que les flics n'arrivent. C'est pas parce que les caméras sont cassées qu'on est *safe*.

Mes amis hochent la tête. Fred redresse lentement Azur qui sort du cirage. Décidément, c'est pas sa journée. Qu'est-ce qui lui a pris de retourner au combat aussi tôt ?

Nous nous dirigeons vers l'entrée lorsque je réalise qu'il manque du monde.

Le mec qui est venu nous aider – comment est-ce que Manon l'a appelé, déjà ? Ah oui, Gaston – se tient immobile, bras croisés, les yeux fixés sur elle.

Et Manon...

Manon n'a pas bougé d'un pouce, le regard rivé sur le corps au sol. Ses yeux verts ont viré au noir. Une larme coule sur son visage, ruine son mascara. Je ne savais pas qu'elle se maquillait.

Une forme surgit de l'ombre pour s'approcher d'elle. Je me raidis, prêt à lui venir en aide... ce n'est qu'Éloïse. Qu'est-ce qu'elle fout là, elle ? Je ne l'ai pas vue pendant le combat. Il faut dire que j'avais d'autres priorités.

Il n'empêche, ça change tout. J'ai cru que le gars venu avec Manon était une Ombre. Mais elle n'utiliserait jamais la magie – encore moins le Noir – devant sa copine. Du coup, qui est-ce ?

Je m'approche à mon tour. Éloïse tourne un regard humide vers moi avant de s'écarter.

– Elle... elle ne réagit pas, murmure-t-elle. Je ne sais pas quoi faire...

Et moi, tu crois que je sais quoi faire ? Qu'est-ce qu'ils ont tous à penser que j'ai la solution à tout ? Je ne possède pas de superpouvoirs, moi !

– Manon, je souffle.

Elle ne me répond pas. Je passe une main devant ses yeux ; elle ne cille pas.

Et merde.

– Oh, Alexandre, dépêche-toi ! Prends-la sous le bras ou un truc comme ça, faut qu'on se barre !

Fred n'a pas tort. Lui-même porte Azur comme s'il ne pesait rien. Ce n'est pas Manon et ses cinquante kilos qui vont me déranger. Et puis je commence à avoir l'habitude de la transporter dans un état végétatif.

Manon, la fille légume.

Pourtant, je tiens vraiment à elle. C'est con, la vie, hein ?

Je me place dans son champ de vision. Elle ne réagit toujours pas. Sa bouche est entrouverte, ses mains sont agitées de spasmes.

Quand il faut y aller, il faut y aller. Je me penche et l'attrape à bras-le-corps pour…

Sombre.
Noir.
Obscur.
Nuit.
Ténèbres.
Néant.

Qu'est-ce que…

Des visions d'horreur me pénètrent le cerveau. La mort, la mort à perte de vue, le mal, la destruction.

Une décharge remonte le long de ma colonne vertébrale, comme lorsque Manon me soigne. Mais, cette fois-ci, elle n'a rien de bénéfique. Mes forces m'abandonnent, absorbées par un maelström d'énergie négative. Mon cœur s'emballe dans ma poitrine. Mon crâne va exploser.

Je relâche ma prise et m'effondre sur le sol, couvert de sueur. J'ai l'impression d'avoir touché une ligne à haute tension. Maintenant que ma peau n'est plus en contact avec celle de Manon, les visions disparaissent. Pourtant, je sais que je m'en souviendrai toujours. Une lande obscure, battue par le vent, des têtes coupées, des bras tranchés, des squelettes ricanants…

Pas étonnant que son agresseur soit K-O. J'ai un goût de bile dans la gorge, une atroce envie de vomir. Qu'est-ce qui s'est passé ?

Éloïse se précipite vers moi.

– Alexandre !

Je m'empare avec gratitude de son bras et me lève, les jambes flageolantes.

– Si j'étais toi, je ne la toucherais pas, observe Gaston. Pas maintenant en tout cas.

– Qu'est-ce que tu veux dire ?

– Tu sais très bien ce que je veux dire. Il faut qu'elle reprenne ses esprits toute seule.

– Et ça prendra du temps ?

Il hausse les épaules.

– Le temps qu'il faudra.

– De quoi vous parlez ? proteste Éloïse. Qu'est-ce qu'elle a ? On dirait qu'elle est changée en statue !

Les flics vont bientôt se pointer. Je ne peux pas laisser Manon toute seule.

Oh merde. Je suis vraiment trop bon, trop con.

Les vertiges se sont dissipés. Je me dégage doucement d'Éloïse et la pousse vers Gaston qui la récupère avec surprise.

– Tu peux la remonter à l'air libre ? Je vous rejoins tout de suite.

Gaston me regarde avec curiosité. Plus j'y pense, plus je suis convaincu que ce mec n'est pas net. Il sait ce qui arrive à Manon, mais il ne bouge pas le petit doigt pour l'aider. C'est une Ombre, lui aussi ? Un autre sorcier ? Un Mage Noir ? Je m'en fous. L'essentiel, c'est qu'il ne se trouve pas sur mon chemin.

– Je reste pour la protéger, objecte-t-il.

– Tu as déjà Éloïse sur les bras. Ne t'inquiète pas, il ne lui arrivera rien. Je m'occupe d'elle.

– Comment ?

– J'ai mes méthodes.

Gaston reste muet et je regarde ma montre avec impatience. Il finit par hocher la tête.

– C'est ta vie, après tout.

– Hé, de quoi vous parlez ? proteste de nouveau Éloïse.

– De rien, la rassure Gaston, la voix soudain sirupeuse. Viens, je suis sûr que tu as envie de revoir la lumière du jour.

– Tu as raison, il fait sombre, ici, confirme Éloïse d'un ton pâteux.

Depuis le temps, je commence à repérer une utilisation du Violet quand j'en vois une. *These are not the droids you're looking for.* Bien joué, Obi-Wan Kenobi.

Ils remontent dans la cage d'escalier et la porte se referme. Je me retrouve avec Manon au dernier étage de ce parking, entouré des victimes de notre combat. Je prends une grande inspiration et fais jouer mes muscles.

Je n'ai pas envie de subir cette décharge de plein fouet. Le mec qui l'a agressée a failli y laisser la vie. Et moi… rien que d'y repenser, j'en ai des sueurs froides.

Je n'ai pas le choix. Comme je le disais, trop bon, trop con.

Je serre les dents jusqu'à sentir l'émail crisser. Et je soulève Manon du sol.

Sombre.
Noir.
Obscur.
Nuit.
Ténèbres.
Néant.

RIEN À FOUTRE !

La douleur me ravage le corps. Des doigts fantômes m'arrachent le cerveau. Mes muscles se tétanisent.

D'un suprême effort, je la cale contre mon torse. Elle a toujours cette expression perdue, alors qu'elle aspire mon âme. Je fais un pas en direction de l'ascenseur.

Je n'ai jamais eu aussi mal de ma vie. Même lorsque je me suis cassé une jambe au foot lorsque j'avais neuf ans. Même lorsqu'on m'a enlevé une dent sans anesthésie parce que je ne supportais pas la vue de la seringue (OK, je ne faisais pas le fier après). Même lorsque je me suis fait tabasser en quatrième et que j'ai passé une semaine à l'hôpital.

RIEN À FOUTRE !

Je ne vais pas m'arrêter pour si peu. J'avance un pied, puis l'autre. Un pied, puis l'autre. C'est comme ça qu'on marche, c'est comme ça que ça marche.

Mon cœur s'emballe. Mes muscles s'engourdissent. Les pensées négatives me submergent. Je n'y arriverai jamais. J'ai présumé de mes forces.

Je vais tomber.

– Manon, réveille-toi, je grogne.

Je ne supporte pas ma voix, geignarde, éraillée. Je progresse jusqu'à la porte et l'ouvre d'un coup de pied. Heureusement que les gonds sont dans le bon sens. Si j'avais dû poser Manon au sol, je ne l'aurais jamais reprise dans mes bras. Rien que d'y penser, j'ai envie de la lâcher. Le soulagement serait instantané, j'en suis sûr.

RIEN À FOUTRE !

Je pose mon pied sur la première marche. Je me souviens de mon escalade épuisante dans les escaliers de l'immeuble de Manon, lorsqu'elle m'avait à moitié endormi. Aujourd'hui c'est pire, bien pire. Je reste à l'arrêt plus de cinq secondes avant de réussir à avancer la jambe. J'ai mal, j'ai mal, j'ai mal...

RIEN À FOU...

J'ai mal, j'ai mal, j'ai mal... Et ces images de mort qui me harcèlent. J'ai le cœur au bord des lèvres. Je mets un genou à terre. Manon pèse de plus en plus lourd. Mes yeux se ferment.

RIEN À...

– Manon, je siffle entre mes dents. Manon, c'est le moment de réagir.

L'escalier compte cinq étages. Je réalise soudain que j'aurais pu prendre l'ascenseur. Péniblement, je me redresse sur un coude. Cette fois-ci, la souffrance me fait hurler. Un mugissement pathétique, indigne de moi, un appel à l'aide alors que mes forces m'abandonnent.

Aiguillonné par l'orgueil, je me relève encore. Je me traîne jusqu'à l'ascenseur. Pour appuyer sur le bouton, je dois dégager un bras.

RIEN...

Elle remue.

Elle remue !

Je la regarde droit dans les yeux, ses yeux *noirs* qu'elle n'a toujours pas fermés, qui n'ont toujours pas cillé. Une nouvelle larme perle sur ses cils. Ses paupières frémissent.

Se ferment.

D'un seul coup, la douleur disparaît. C'est une sensation indescriptible. Je n'ai jamais ressenti un tel soulagement. Je ne me rendais pas compte à quel point la vie était formidable. Je suis assis sur le sol, adossé à un ascenseur dont je n'ai toujours pas pressé le bouton, et je souris bêtement.

Manon s'ébroue. Ses iris sont de nouveau verts, d'un vert que je n'aurais jamais pensé apprécier autant. Ses lèvres s'entrouvrent et elle souffle un seul mot :

– Merci…

Merci de quoi, je ne sais pas. Je n'ai servi à rien. Mon élan de bravoure nous a permis de gagner cinquante mètres, formidable.

Je me relève péniblement. Maintenant qu'elle est sortie de son mode Dark Super Saiyan, son contact ne me brûle plus. Même si j'ai l'impression d'être passé sous un train, mes forces reviennent petit à petit.

– Il faut qu'on file. Les autres sont déjà loin.

– Je suis un monstre, murmure-t-elle.

– Ouais, non, je ne pense pas. On s'en fout, en fait. Allez, viens, on doit partir.

D'accord, elle attendait une autre réponse. Qu'est-ce qu'elle veut que je lui dise ? Par sa seule présence, elle parvient à saper l'énergie des gens. J'appelle ça un monstre.

Un monstre dont je suis… euh, qui compte énormément pour moi.

MANON

J'ai toujours voulu être une fille forte, sûre d'elle. Celle qui ne baisse jamais les bras, qui n'a besoin de personne. Lorsque Éloïse me racontait ses histoires de garçons, je souriais poliment, tout en me demandant pourquoi elle leur accordait tant d'importance.

Aujourd'hui, je relâchais les vannes. Blottie contre Alexandre, je me roulai en boule et pleurai.

Je pleurai parce que j'avais failli tuer un homme.

Je pleurai parce que j'avais failli le tuer, lui.

Je pleurai parce que Jordan me faisait chanter.

Je pleurai parce que ma vie ne ressemblait pas à un conte de fées.

Je pleurai parce que je ne pouvais plus compter sur mes parents.

Je pleurai parce qu'Alexandre m'avait traitée de monstre.

Je pleurai parce qu'il avait raison.

Et je n'arrivais pas à m'arrêter, mon nez contre son tee-shirt, mes mains sous son blouson. Je me sentais ridicule, à renifler, à tremper ses vêtements. Au temps pour la princesse.

Doucement, tendrement, Alexandre me prit le menton dans ses mains et me releva la tête. Il soutint mon regard baigné de larmes avant de m'embrasser.

Ça n'avait rien du baiser passionnel que nous avions échangé sous le préau. C'était la communion de deux êtres qui en avaient trop vu, une manifestation de tendresse qui me coupa le souffle. Mes mains se crispèrent contre ses muscles, ses bras qui m'avaient portée jusqu'ici malgré la douleur, malgré la fatigue, malgré la souffrance. Je le serrai contre moi sans parvenir à m'arrêter de pleurer.

Lorsque je repris ma respiration, il essuya une larme sur mon visage – une seule, comme si ça faisait une différence – et me releva.

– Ce n'est pas que je n'apprécie pas le moment, mais il faut vraiment y aller. Tu te sens mieux ?

Je hochai bravement la tête. Il appuya sur le bouton de l'ascenseur et nous attendîmes son arrivée dans un silence confortable. Je me refusai à le lâcher, pas maintenant, et tant pis si j'avais l'air faible.

Le Noir avait reflué, pourtant je sentais toujours cette présence en moi, qui ne demandait qu'à se libérer. Sombre, noir, obscur, nuit, ténèbres, néant.

Les mots de Caius Gnaeus Octavius me revinrent à l'esprit.

Il est important de comprendre qu'on ne peut contrôler le Noir comme une Couleur habituelle. Caius Gnaeus Octavius pense qu'il possède une véritable conscience, et cherche à s'exprimer à travers ses utilisateurs.

Le Noir avait agi de son propre gré, une nouvelle fois. Voici quelques jours, j'avais créé une Ombre sans le vouloir. Aujourd'hui, j'avais réagi instinctivement à une agression. Ce n'était pas moi qui avais plongé dans le Spectre, mais le Spectre qui s'était emparé de moi.

Non, pas le Spectre.

Le Noir.

Le Noir n'était pas une Couleur comme les autres.

Au lieu d'être abattue par cette révélation, je sentis une nouvelle détermination monter en moi. J'essuyai mes dernières larmes, fouillai dans ma poche à la recherche d'un mouchoir.

Hors de question qu'une Couleur me contrôle. La prochaine fois, je lui montrerais qui était le maître. Je savais déjà créer des Ombres, et ce n'était que le début.

La présence en moi *grogna* ; je lui intimai de se taire.

L'ascenseur nous ramena à la civilisation. Ils nous attendaient tous à la sortie du parking, Fred, Azur, Charles. Éloïse.

Et Gaston.

Pour une Ombre qui était censée me protéger, elle m'avait laissée avec Alexandre sans la moindre hésitation. Ah, il était beau, le protecteur. Je lui lançai un regard chargé de reproches, et un sourire flotta sur ses lèvres pleines. Elle devait m'obéir au doigt et à l'œil, non ? N'était-ce pas une extension de ma propre volonté, à peine douée de conscience ?

Éloïse était serrée contre Gaston, un peu trop à mon goût. Le soulagement envahit son visage alors que nous émergions à la lumière.

– Manon ! On allait redescendre ! Ça fait plus de deux minutes qu'on vous attend ! Qu'est-ce qui se passe, tu as pleuré ?

Deux minutes ? Ça m'avait semblé une éternité. Je me forçai à sourire.

– Un peu trop d'émotions en même temps. Je n'ai pas l'habitude de me faire agresser dans les parkings.

– Allez, on s'arrache, ordonna Fred qui soutenait toujours Azur. On se prend une bière pour fêter ça ?

– C'est tes conneries qui nous ont mis dans la merde, grogna Charles. Si on avait refusé de...

– Tu crois que c'est le moment d'en discuter ? On a du public. Alors, cette bière, ça vous tente ?

– Je n'ai que seize ans, protesta Éloïse, mais ses yeux pétillaient.

– Aucun problème là où on va. La serveuse est une ex d'Alexandre.

Une pointe de jalousie me traversa tandis qu'il se raidissait à mes côtés.

– Les mecs, je ne sais pas si c'est une bonne idée.

– Oh, ça va, un *fight*, une bière, c'est ça la vie. On ne va quand même pas rentrer chez nous tout de suite.

Alexandre hocha lentement la tête. Je commençais à le connaître, et je pouvais suivre le cheminement de ses pensées.

Son père l'attendait à la maison, probablement prévenu de son renvoi. Autant dire que sa soirée s'annonçait difficile. Cela ne me surprit donc pas lorsqu'il abdiqua de bonne grâce.

– OK. Juste, évitez les blagues avec Sandra.

Je relevai le nez.

– Sandra ?

– C'est elle, la serveuse.

Je ne savais pas si je devais me sentir soulagée qu'il ne s'agisse pas d'une *nouvelle* ex, ou si je devais redouter cette rencontre avec quelqu'un de familier.

Je profitais de la chaleur d'Alexandre contre moi. Fred souriait. Azur faisait bonne figure malgré ses blessures. Charles consultait son portable.

Pour la première fois, j'avais l'impression d'avoir un groupe d'amis. Ne fût-ce que pour quelques instants, je faisais partie de leur bande. C'étaient des délinquants, des brutes sans cervelle, qui m'avaient insultée, bousculée. Pourtant, à cet instant, j'appréciais leur présence et leur bonne humeur contagieuse.

Éloïse, elle, ne lâchait plus mon Ombre.

– Gaston, tu viens aussi ? minauda-t-elle en se pendant à son bras.

Il haussa un sourcil en me regardant.

– Je suppose. Je ne sais pas ce que ferait ma *cousine* sans moi.

J'aurais dû discuter davantage avec Fabrice dans cet entrepôt. Toutes les Ombres étaient-elles aussi insolentes ?

La nuit était tombée depuis longtemps et je sortis mon portable pour appeler ma mère. Je lui expliquai que je prenais un verre avec Éloïse et lui tendis le téléphone pour qu'elle confirme avec son enthousiasme habituel. Je promis de rentrer dans une heure et raccrochai avec l'impression que je ne cessais de mentir ces derniers temps.

L'*Irish Pub* n'était qu'à cent mètres. Malgré la loi Evin, il flottait dans l'atmosphère un parfum de tabac abandonné par des générations de fumeurs. Les consommateurs se bousculaient au bar, mais Fred fendit la foule avec l'aisance d'un habitué.

Sandra officiait au fond de l'établissement. Elle avait attaché ses cheveux et portait un maquillage minimal. Pourtant, je me sentis aussitôt sale et moche.

Tue-la, souffla une voix en moi, et je la fis taire d'une pensée affolée. Qu'est-ce qui m'arrivait ?

Sandra sourit en voyant notre groupe, puis se renfrogna en m'apercevant. Ses yeux se posèrent sur la main d'Alexandre que je tenais encore dans la mienne. Coupable, je la lâchai.

– Alors, pas de terrasse aujourd'hui ? demanda-t-elle aimablement.

– Non, fait trop froid. T'as une table dispo ?

– Pour toi, Fred, toujours. Je suppose que vous prenez des bières, comme d'habitude. Et pour les nouveaux ?

– Une bière aussi, asséna Éloïse, qui semblait comme un poisson dans l'eau.

– Rien, merci, sourit Gaston.

Les Ombres étaient-elles capables de boire ? Tous les regards convergèrent sur moi alors que je me raclais la gorge.

– Vous avez du jus de pomme ?

– Un jus de pomme, ça marche. Manon, c'est ça ?

Je hochai la tête. *Tue-la. Tue-la.*

– Désolée de te demander ça, mais tu m'aiderais à apporter les boissons ? Je vais avoir du mal toute seule pour autant de monde.

– Euh, Sandra… protesta Alexandre.

– Ne t'inquiète pas, je te la rendrai intacte, sourit-elle en lui adressant un clin d'œil.

Me sentant stupide, je me relevai pour l'accompagner au bar. Qu'est-ce qu'elle allait faire, me provoquer en duel ?

Tue-la. Tue-la.

Elle se glissa derrière le comptoir, commença à remplir les pressions.

– Alors, Alexandre et toi ?

– Eh oui, Alexandre et moi, répondis-je d'un air de défi.

Un sourire amusé flotta sur ses lèvres.

– Je ne vous aurais jamais imaginés ensemble en te rencontrant à l'hôpital. Sans vouloir te vexer, tu n'es pas son style de fille…

Tue-la. Tue-la !

– … ce n'est pas un mal, après tout. Il paraît plutôt heureux avec toi. Prends-en soin. On ne dirait pas comme ça, mais Alex est quelqu'un de bien.

Tue… Quoi ?

– Pardon ? balbutiai-je, déstabilisée.

– Ah oui, ne l'appelle pas Alex comme je viens de le faire, il déteste ça. Enfin bon, tu verras. Il mérite qu'on le connaisse. J'espère que ça tiendra entre vous. Tiens, ton jus de pomme.

Elle m'adressa un sourire lumineux et la *présence* en moi se calma. Je m'emparai de la bouteille et regagnai ma place. Finalement, cette Sandra était plutôt sympathique. Ça m'énervait de le reconnaître, mais je l'avais jugée un peu vite. Alexandre aussi. Il n'était pas sorti *qu'avec* des idiotes.

Bon, il restait Clara.

– Ça va ? me demanda Alexandre lorsque je me rassis.

– Il faut croire, admis-je.

Azur et Fred chuchotaient dans un coin. Charles regardait sa bière d'un air mauvais. Je n'aurais jamais choisi ces garçons-là comme compagnons de soirée.

La main d'Alexandre retrouva la mienne et je la serrai doucement. Malgré cette soirée perturbante, malgré cette *présence* en moi, je me sentais bien. Un problème après l'autre. Pour l'instant, j'étais débarrassée de Jordan.

Et je finirais par contrôler mes pouvoirs.

– ... oui, dès que j'ai eu l'âge légal. Ça ne paie pas très bien, mais c'est mieux que rien, expliquait Éloïse à Gaston entre deux lampées de bière.

– Je vois, acquiesça-t-il, l'expression indéchiffrable.

Je me tournai vers Alexandre et baissai la voix.

– Qu'est-ce que tu voulais dire, avec ton texto? Comment comptes-tu récupérer les vidéos de Jordan?

Il haussa les épaules. De sa main libre, il jouait machinalement avec un de ses cure-dents.

– Où est-ce qu'il pourrait avoir copié cette vidéo? Chez lui, non? Sur son ordi, ou sur une clé USB?

– Ou sur un *cloud* quelconque, protestai-je. À moins qu'il se la soit envoyée par mail.

– Il a dit quelque chose de particulier?

– Juste qu'il en avait des copies, si jamais il lui arrivait malheur.

Alexandre s'absorba dans ses réflexions. Sa main était chaude contre la mienne.

– Les infos doivent se trouver chez lui, sur son ordi. On peut fouiller son historique, regarder ce qu'il a programmé et régler le problème.

Il parlait de s'introduire par effraction dans un domicile privé! Et sa voix ne tremblait même pas! De nouveau, je me demandai ce que j'ignorais d'Alexandre. Cette altercation dans le parking n'était-elle que la partie émergée de l'iceberg?

Mais il y avait sa main, les multiples fois où nous nous étions sauvé la vie, le souvenir de ses lèvres contre les miennes.

– Jordan est un Mage… et ses parents aussi. Je ne suis pas sûre que ce soit une bonne idée de s'introduire chez eux.

– Quoi, il pourrait y avoir des pièges magiques, des trucs comme ça?

Je réfléchis.

Les Couleurs n'avaient pas d'effet permanent. Même mon père n'avait jamais tenté de protéger notre appartement. La preuve, des Ombres avaient réussi à y attaquer mon frère. Tracer un périmètre de défense de manière temporaire était possible, bien sûr. Le maintenir, par contre...

– Non, je ne pense pas. Il n'empêche, c'est de la folie. Si nous nous faisons repérer, nous n'aurons pas la moindre chance. Tu ne te rends pas compte de la puissance d'un Mage adulte. Le père de Jordan siège lui aussi au Conseil.

– Qu'est-ce que vous racontez, tous les deux ? intervint Éloïse en se penchant vers nous. Dites, je parlais à Gaston de bowling, il n'en a jamais fait ! Ça vous tenterait d'y aller ce samedi ? Il y en a un à Beaugrenelle !

– Pourquoi pas ? acquiesça Alexandre avant de revenir vers moi. Il a l'air sympa, ton cousin. Je me trompe si je pense que c'est...

– Tu ne te trompes pas.

– Pauvre Éloïse, murmura-t-il.

Je le dévisageai, surprise. Ce n'était pas le genre de remarque que j'aurais attendue de lui. Il avait raison, bien sûr. Elle s'attachait avec sa rapidité habituelle. Je devrais demander à Gaston de lui expliquer que rien n'était possible. Mais pas ce soir, pas alors que je la voyais si heureuse, si lumineuse. J'aurais aimé qu'elle fût ainsi en permanence.

Je regardai ma montre et sursautai.

– Il va falloir que j'y aille. Mes parents vont s'inquiéter.

– Tu as bien de la chance, grommela Alexandre.

J'aurais voulu lui répondre que je n'en étais pas si sûre et que chaque pas sur la route du Noir m'éloignait de ma famille. Les mots se coincèrent dans ma gorge. Mes problèmes restaient hypothétiques. Les siens éclateraient ce soir.

– Fred, tu pourrais m'héberger quelques jours ? reprit Alexandre. J'ai peut-être un moyen de calmer mon vieux, mais ça risque de prendre du temps. Une semaine, je pense.

– Désolé, mec, ça va être compliqué. Normalement je t'aurais dit oui, mais là on a de la famille à la maison, sans compter l'ambiance de merde entre mes parents.

– Pas possible chez moi non plus, renchérit Charles. T'as vu la taille de l'appart ? Déjà que je dois dormir dans la même chambre que mon frère.

Azur se contenta de ricaner avec dérision.

– Je suis dans la merde, gronda Alexandre. Il me faut un point de chute. Une semaine, c'est pas le bout du monde !

– Dans une semaine, tu seras toujours aussi viré, observa Fred avec lucidité.

– Ouais mais non. Normalement, si tout se passe bien…

Une avalanche de cheveux blonds cascada sur son épaule. Sandra se tenait derrière lui et se penchait à son oreille.

– Tu n'as qu'à venir chez moi ! Aucun problème. J'ai une chauffeuse d'appoint.

Tue-la. Tue-la. Tue-la.

– C'est vrai ? J'avoue que ça m'arrangerait.

TUE-LE ! TUE-LE ! TUE-LE !

Je m'efforçai de contrôler mes sentiments, toute bonne humeur évaporée. Comment avais-je pu croire une seconde que cette fille abandonnerait le combat ? Le Noir monta en moi, plus violent que jamais.

– Je dois partir, balbutiai-je.

– Hein ? Manon, il ne faut pas que tu croies... commença Alexandre.

– Je ne crois rien du tout, il faut juste que je rentre. Merci pour le verre.

Je jetai un billet sur la table puis titubai vers la sortie. L'atmosphère du pub m'oppressait. Au-dessus du comptoir, un écran diffusait un match de foot. 0-0, un score qui convenait à mon état d'âme.

J'émergeai dans la rue et m'adossai au premier mur venu. Maintenant que je ne voyais plus Sandra et Alexandre, je respirais plus facilement. Je me forçai à souffler jusqu'à ce que les battements de mon cœur reviennent à la normale.

Au moins, je ne serais pas en retard à la maison. Je redescendis le boulevard, l'esprit en ébullition. Lorsqu'une main se posa sur mon épaule, je poussai un cri de surprise. Alexandre m'avait suivie !

C'était Gaston.

– Eh bien, tu pars et tu me laisses là-bas ? ricana-t-il. Je pensais que tu prendrais davantage soin de moi.

– Tu peux te débrouiller tout seul, non ? protestai-je. Et qu'est-ce que c'était que cette comédie avec Éloïse ? La prochaine fois, montre-toi plus distant. Elle risque de se faire des idées.

– Très bien, Maîtresse, acquiesça Gaston avant de devenir sérieux. Tu rentres chez toi. Ce ne serait pas une bonne idée que je t'accompagne, n'est-ce pas ?

– Non.

– Dans ce cas, as-tu une mission pour moi ? Sinon, je t'attendrai au lycée. C'est un des endroits les plus sûrs pour une Ombre en ce moment.

La conversation avec cet *abruti* d'Alexandre me revint en mémoire.

– Si je te donne une adresse, tu pourrais la surveiller et me dire qui entre, qui sort, et à quelle heure ?

– Rien de plus facile.

– Ce sont des Mages. L'un d'eux appartient au Conseil.

Gaston haussa les épaules.

– Une vie sans danger n'est pas une vie.

Décidément, cette Ombre n'avait rien à voir avec ce que j'imaginais. J'approuvai de la tête et lui donnai l'adresse des parents de Jordan. Gaston s'inclina en une parodie de révérence avant de se diriger tranquillement vers une bouche de métro. Comme un humain normal.

Je rentrai à la maison, épuisée par cette journée hors du commun. Lorsque je poussai la porte, je réalisai que ce n'était pas terminé. Mon père se tenait dans le salon, le visage grave, entouré du reste de ma famille.

– Manon. Tu tombes bien. Ça a recommencé.

– Qu'est-ce qui a recommencé ? balbutiai-je.

– Nous avons détecté plusieurs utilisations de magie Noire en ville, ainsi que la présence d'une Ombre. Un Mage Noir se trouve de nouveau à Paris. Mais ne t'inquiète pas, nos meilleurs agents sont à sa recherche.

ALEXANDRE

Mes potes rentrent chez eux vers minuit et je demeure dans le bar à attendre la fermeture. Sandra se promène au milieu des clients, le sourire aux lèvres, toujours de bonne humeur.

Petit à petit, les lieux se vident. Il ne reste plus que quelques habitués dans un coin, et deux ou trois épaves avachies sur leur chaise. J'aide le patron à les sortir dans la rue, et il m'adresse un clin d'œil lorsque Sandra me rejoint.

– Rentrez bien, les jeunes. Sandra, demain, dix-neuf heures ?

Elle hoche la tête. L'air est frais et ce n'est pas désagréable. Nous marchons sur l'avenue déserte en silence. Par deux fois, Sandra se tourne vers moi comme si elle voulait parler – et reprend sa route sans avoir prononcé un mot. J'imagine que ça doit être compliqué pour elle. En tout cas, ça l'est pour moi. Si j'avais le choix, je ne serais jamais allé dormir chez une ex dans ces circonstances.

– C'est bête, mais je me sens en sécurité avec toi.

– Hein ?

Elle a enfin parlé, sans aborder le sujet que j'imaginais.

– Je n'ai jamais aimé rentrer seule à deux heures du mat. Surtout en semaine. Les week-ends, il y a du monde dans les rues. Le reste du temps… je flippe dès que je croise quelqu'un. Là, je suis rassurée.

– Il ne t'est jamais rien arrivé ?

– Non, jamais. Ça n'empêche pas d'être inquiète.

Elle se rapproche de moi et je la laisse me prendre le bras. Après tout, ce n'est pas une trahison, si ?

Sandra est vraiment différente de Manon. La magicienne n'admettrait jamais avoir peur – et je plains l'homme mal intentionné qui l'aborderait en pleine nuit. Elle préférerait mourir que de me demander mon aide. Et elle ne se presserait pas ainsi contre moi ; elle verrait sûrement un tel geste comme un aveu de faiblesse.

Oui, ces deux filles ont des caractères diamétralement opposés. Il n'empêche que…

Une ombre surgit soudain d'une porte cochère et mon cœur manque un battement. Je suis en position de garde avant même d'avoir réfléchi.

– Salut, Alexandre. Je peux te parler une minute ?

C'est Gaston. J'aurais pu mettre une majuscule à Ombre. Qu'est-ce qu'il fout là ? Il m'a suivi ?

– Qu'est-ce que tu fais là ? Tu nous as suivis ? demande Sandra (merci Sandra).

– Je t'expliquerai plus tard, élude Gaston. Alexandre ? S'il te plaît ?

L'angoisse monte en moi. Sa présence ne peut signifier qu'une chose : Manon est en danger. Je serre les poings. On ne peut pas la laisser seule, cette meuf.

– Désolé, Sandra, ça a l'air sérieux.

Elle croise les bras, incrédule.

– Tu ne vas pas m'abandonner comme ça ?

– Mais non, je ne t'abandonne pas, regarde, on se met juste là, derrière ce porche. Fume une clope, ne bouge pas, j'arrive.

– Super, marmonne-t-elle en fouillant dans son sac. Un jour, je t'enverrai balader.

– Un jour… pas ce soir.

Je lui adresse un sourire lumineux avant de m'isoler avec l'Ombre. Gaston ne semble pas inquiet, mais ça ne veut rien dire. Je ne sais même pas si ces trucs ont des émotions.

– Bon, qu'est-ce qui se passe ? Comment va Manon ?

– Bien.

– Bien ? Comment ça, bien ? Dans ce cas, qu'est-ce que tu fais là ?

– C'est plutôt à moi de te poser cette question. Manon t'apprécie, tu le sais. Et toi, tu vas dormir chez une autre fille.

Je le regarde, sidéré. Je n'ai pas besoin de leçon de morale de la part d'un démon à deux balles. Je sais qu'il doit être très puissant, mais la colère balaie toute prudence.

– Si c'est tout ce que tu as à me dire, je me barre.

– Tu es important pour elle. Tu la rends vulnérable. C'est inacceptable.

Je n'aime pas le tour que prend cette conversation.

– Je sais, ses Ombres n'aiment pas ma gueule. La dernière fois que j'en ai rencontré une, c'était plutôt désagréable. Du coup, tu veux m'effacer la mémoire, c'est ça ?

Un grand calme m'envahit. Je ne suis même plus inquiet. Au bout d'un moment, la sensation de danger finit par s'émousser. Je serre les poings et m'apprête à le cogner.

Gaston secoue la tête, un demi-sourire aux lèvres.

– Non, cette solution n'est plus d'actualité. S'il t'arrivait quoi que ce soit, Manon serait dévastée – du moins pour un temps. Et, crois-moi, ce n'est pas mon objectif.

– Justement, quel *est* ton objectif ?

– Sa protection, bien sûr. Physique *et* mentale.

Je regarde par-dessus mon épaule. Sandra se tient à une dizaine de mètres, assez loin pour ne rien entendre de notre conversation. La fumée de sa cigarette s'élève dans la lueur d'un lampadaire. Elle tape du pied et me foudroie du regard. Si je veux avoir un endroit où dormir cette nuit, il va falloir abréger cette conversation.

– Bon, tout ça est passionnant, mais si tu ne veux pas m'agresser, merci de me laisser passer. Il est tard, je suis crevé et je ne suis pas seul.

– Justement. C'est pour ça que je voulais te parler. Tant que tu es important pour Manon, je te tolère.

Je ne peux pas faire autrement. Tu lui apportes un équilibre. Mais si un jour tu la blesses… Attention à ton comportement avec cette Sandra, Alexandre.

Oh, mais comment elle me parle, la vapeur d'eau !

– Tu sais quoi ? Jusqu'ici, je n'avais aucune envie de toucher Sandra. Et là, tu m'as motivé. Je n'aime pas qu'on me dicte quoi faire. Généralement, ça donne le résultat inverse.

Gaston fronce les sourcils, décontenancé. J'ai la réponse à ma question : les Ombres ressentent des émotions. Son masque d'impassibilité revient rapidement en place.

– J'ai peut-être été maladroit, admet-il.

– Ouais, peut-être.

– Tout ce que je voulais dire, c'est que Manon tient à toi. Ne la blesse pas. S'il te plaît ?

Il prononce ces derniers mots avec difficulté et je réalise ce qu'ils lui ont coûté. Mon exaspération retombe. Cette Ombre a beau être maladroite, elle a de bonnes intentions, c'est ce qui compte.

– Gaston, si c'est vraiment ton nom, fais-moi confiance. Si j'avais voulu me remettre avec Sandra, je l'aurais fait depuis longtemps. Moi aussi, je tiens à ta… à ta maîtresse. Alors lâche-moi juste la grappe, va jouer dans le mixeur et tout se passera bien. OK ?

Il acquiesce lentement. Et soudain, ses yeux s'écarquillent.

Quoi encore ?

C'est le bruit qui m'alerte, d'abord mêlé à la circulation nocturne puis soudain plus proche. La lumière des phares m'inonde le dos ; lorsque je me retourne, ils m'éblouissent et je lève instinctivement le bras pour me protéger.

Un camion. Un camion de nettoyage, un de ces gros cubes verts et moches qui s'occupent de la propreté des rues. Je les ai toujours trouvés ridicules et maladroits lorsque je les croisais le matin. Ils ne donnaient pas l'impression de pouvoir dépasser les vingt kilomètres heure.

Je me trompais. Celui qui me fonce dessus roule bien plus vite.

Et Sandra est au milieu du passage. Comme un lapin sur une départementale, elle est incapable de bouger ni de détourner les yeux des phares qui s'approchent.

– Sandra ! je crie.

Je me jette en avant. J'ai conscience qu'il est trop tard. Je parviendrai peut-être à éviter le camion fou – mais je ne pourrai jamais la pousser de côté. J'essaie pourtant, mesurant à chaque enjambée la distance qui se réduit entre le camion et nous.

Le bruit devient assourdissant et la lumière se rapproche jusqu'à englober tout mon univers.

Les pneus crissent.

Ma foulée s'allonge.

Le klaxon hurle.

Sandra crie.

Son sac tombe.

Ma main jaillit.

Le pare-chocs se rapproche.

Mes bras se referment.

Je tiens Sandra et il est trop tard. Je sens sa respiration affolée contre ma joue alors que le camion n'est plus qu'à deux mètres. Plus le temps d'esquiver. Sérieux, pourquoi est-ce que j'ai couru pour l'aider ? Je vais mourir.

Je suis vraiment trop con.

Une bourrasque me frappe le dos, juste entre les omoplates. Je suis projeté contre la porte de l'immeuble le plus proche et je grimace lorsque mon épaule heurte la paroi de verre. Le camion fou me frôle le pied, roule sur le sac de Sandra, klaxonne une nouvelle fois avant de continuer sa course folle et de disparaître au coin de l'avenue.

Je reste allongé sur le sol, Sandra dans mes bras, surpris d'être encore en vie.

Une main s'interpose entre nous.

– Ne profite pas de la situation non plus, observe Gaston.

Je suis trop choqué pour le remettre à sa place. J'ai vu la mort de près. Je claque des dents, et ce n'est pas dû au froid.

– Les Parisiens conduisent *vraiment* mal, continue à monologuer Gaston.

Cette fois, je retrouve assez d'esprit pour libérer Sandra et le plaquer contre un mur.

– C'est toi qui as fait ça, connard ? je grince.

– Le coup de vent qui vous a sauvé la vie ? Oui. Belle manière de me montrer ta reconnaissance.

Je le regarde fixement et il ne détourne pas les yeux. Si c'est lui qui a provoqué cette bourrasque, il a raison : je lui dois des remerciements. Pourtant…

– Ce camion, ce n'était pas naturel.

– Non, confirme Gaston. Je n'ai pas eu le temps de vérifier, mais je parierais que le conducteur était sous l'emprise du Violet. Quelqu'un te veut du mal… quelqu'un qui sait manipuler le Spectre.

Jordan.

L'enfoiré.

Ça ne peut être que lui.

– Je ne me sens pas bien, gémit Sandra en se penchant pour récupérer son sac.

Des morceaux de produits de beauté gisent sur la chaussée, à côté d'un portefeuille écrasé et de son portable qui a miraculeusement résisté. Elle époussette le faux cuir comme si ça allait lui redonner forme.

– Je vais vous escorter jusqu'à l'appartement, déclare Gaston. C'est plus prudent.

– Tu penses pouvoir battre un Mage ?

Il hausse les épaules sans se vexer.

– Tu pensais pouvoir arrêter un camion ? Parfois, on fait ce qu'on doit, pas ce dont on se sait capable.

Nous nous observons avant de sourire. Sandra a fini de ramasser le contenu de son sac. La frayeur passée, elle est rouge de colère.

– On devrait dénoncer ce connard, quelqu'un a eu le temps de lire le numéro de sa plaque ?

– Non, désolé, j'étais un peu occupé, je marmonne.

– Dès demain, j'appelle la mairie. Ça ne se passera pas comme ça. On a failli mourir !

Je doute que son coup de fil donne quoi que ce soit, à part mettre dans la merde un pauvre conducteur qui s'est fait lobotomiser. Mais je ne vois pas comment protester sans lui expliquer la situation. Alors je hoche la tête, je lui prends le bras et je lui confirme qu'on trouvera l'enfoiré qui a failli nous aplatir.

Elle se calme petit à petit et nous reprenons le chemin vers son appartement. Gaston s'est fondu dans la nuit, pourtant je sens toujours sa présence. Qui aurait cru que je serais un jour rassuré d'avoir une Ombre à proximité ?

Nous arrivons en bas de l'immeuble sans autre incident.

– Je ne crois pas que vous ayez été suivis, souffle le vent à mon oreille avec la voix de Gaston. Je vous laisse. Bonne nuit. Et souviens-toi, sois sage !

Lorsque je me retourne, il a disparu.

MANON

Assise dans la cuisine, entourée de ma famille, j'aurais dû me sentir en sécurité.

J'avais du mal à respirer en écoutant mon père m'enfoncer à chaque mot. Le pire, c'est qu'il ne s'en rendait pas compte. Son regard était toujours aussi tendre, aussi préoccupé, lorsqu'il se posait sur moi.

– L'activité de ce Mage Noir est erratique, observa-t-il, et pourtant bien réelle. Nous ne connaissons pas encore ses motivations. Peut-être poursuit-il le même but que celui que nous avons arrêté voici deux semaines. Manon, Jade, vous êtes en danger. Et Lucas, par ricochet.

– Les ricochets, toujours les ricochets, grinça mon frère. Vous n'avez qu'à avancer mon procès, je ne pense pas qu'un Mage Noir aille me chercher au fond d'un cachot.

– Tu ne seras pas *au fond d'un cachot*, intervint ma mère. Je suis sûre que tu seras acquitté.

Elle avait pris dix ans en deux jours, depuis que la Police des Mages avait lu ses droits à Lucas.

Moi qui l'avais toujours trouvée belle, je ne pouvais plus ignorer les rides sur son front et la fatigue au coin de ses yeux.

– J'en suis moins convaincu, marmonna mon père. Attendons le procès avant de nous réjouir. Quoi qu'il en soit, ce n'est pas le sujet. Vous êtes de nouveau menacés et devrez vous comporter avec prudence.

– Des années de tranquillité, pas un seul Mage Noir sur Paris, et ils attendent mon adolescence pour se manifester, maugréa Jade. Ils n'auraient pas pu choisir un meilleur moment ?

– Pour ce qu'on en sait, c'est justement ton adolescence qui les intéresse, observa mon père.

Cela eut pour effet de lui clouer le bec. En d'autres circonstances, j'aurais apprécié la déconfiture de ma sœur. J'étais trop occupée à masquer la culpabilité que je ressentais.

Je m'étais prise au jeu et j'avais utilisé mes pouvoirs sur les recommandations d'Alexandre, parce qu'il avait raison, je ne pouvais progresser qu'en pratiquant. D'accord, je me sentais plus à l'aise qu'il y a une semaine – à quel prix ? L'Ombre que j'avais créée se promenait dans Paris et le Conseil des Mages avait décelé une activité illicite dans la capitale.

Autrement dit, moi.

Je ne connaissais pas ses méthodes pour traquer les Mages Noirs, mais tôt ou tard il finirait par attraper la responsable.

Autrement dit, toujours moi.

– Et du coup, quoi ? reprit Jade. On sera consignées dans nos chambres ? On aura une escorte comme la dernière fois ?

– Tu dois encore voir Wahiba, c'est ça ? persifla mon frère.

– Maintenant que tu en parles…

– Silence ! gronda mon père.

Tout le monde se tourna vers lui. Il n'élevait jamais la voix.

– Vous ne réalisez pas la gravité de la situation. Vous pensez peut-être que ce n'est qu'un jeu, parce que Manon n'a eu aucune séquelle de sa rencontre avec Fabrice…

Aucune séquelle… mais bien sûr.

– Elle a eu beaucoup de chance. Cela aurait pu tourner différemment. Votre mère et moi sommes arrivés in extremis. Si la police n'avait pas réussi à tracer son téléphone, si nos contacts ne s'étaient pas activés… Je suis désolé, Manon, je ne souhaite pas raviver de mauvais souvenirs, mais il est impératif que tous comprennent le danger.

Nous n'avions jamais parlé de mon enlèvement avec mon frère et ma sœur. Ils savaient ce qui s'était passé dans les grandes lignes, jusqu'à l'implication d'Alexandre. Ils avaient eu assez de tact – ou trop peu de curiosité – pour ne pas m'interroger. La seule question de ma sœur avait porté sur le physique d'Alexandre et les sentiments que j'éprouvais pour lui.

Je l'avais fixée sans un mot jusqu'à ce qu'elle abandonne la partie. Aujourd'hui, je supportais encore moins leurs regards inquisiteurs.

Mon père posa tendrement sa main sur mon épaule. Il prenait mon trouble pour de la souffrance. Je me laissai aller contre lui, les yeux humides. Pourquoi, pourquoi ne pouvais-je pas lui faire confiance ?

Je sentis l'angoisse monter en moi alors que la réalisation se faisait jour. En tant que cible potentielle – d'aucuns diraient principale –, je n'échapperais pas à une surveillance rapprochée. Ma mère suivrait mes pas, à moins qu'un Mage du Conseil ne soit détaché pour cette mission. Dans les deux cas, ce serait une catastrophe.

Impossible de voir Alexandre.

Impossible de parler à Gaston.

Jordan se montrerait plus distant – voilà bien la seule bonne nouvelle.

– Donc, une escorte ? soupira Jade qui avait suivi le même cheminement de pensée.

– Pas exactement, intervint ma mère. Nous ne pouvons être présents tout le temps derrière vous. Nous ne pouvons mettre nos vies entre parenthèses à la moindre alerte.

Voilà qui était nouveau.

– Rien ne change ? balbutiai-je. Et si… le Mage s'en prend à nous ?

Je n'en revenais pas de parler ainsi sans que personne détecte mes mensonges.

– Nous avons tout prévu, reprit mon père.

Son sourire ressemblait à une grimace alors qu'il fouillait dans un sac. Il posa trois boîtiers vert fluorescent sur la table. Chacun était surmonté d'un bouton à rainure.

– Ce sont des appareils de géolocalisation, expliqua-t-il. Trianguler un téléphone prend du temps, du temps que nous n'avons pas. Cette fois-ci, les informations seront relayées en continu au Conseil des Mages. Votre position sera visible en permanence. Si vous vous trouvez en danger, appuyez sur le bouton et l'alerte sera donnée. Je n'ai pas besoin de vous préciser que ce n'est pas un jeu. Une équipe de Mages confirmés est prête à intervenir.

– Et nous sommes les seuls à en avoir ? murmurai-je.

– Non, tous les Mages adolescents de Paris seront équipés du même dispositif. Tant que nous ne connaissons pas le but de ce Mage Noir, il vaut mieux rester prudents.

Mon frère s'empara d'un boîtier, le tourna et le retourna entre ses mains.

– Super, la prison avant l'heure.

– Il s'agit de votre sécurité, observa ma mère. Croyez bien que nous nous passerions de ce dispositif si nous avions le choix.

Le repas se déroula dans un silence pesant, malgré les tentatives de mon père pour animer la conversation. J'échangeai des regards avec Jade et Lucas. Mon frère avait bien résumé la situation : nous étions en prison. Peut-être était-ce mieux qu'une escorte permanente, mais je restais sous surveillance.

Lucas se leva sans débarrasser. Depuis qu'il avait appris son procès, il se montrait encore moins serviable que d'habitude. Mon père avait élevé la voix un soir, sans résultat. Comment convaincre un adolescent certain d'être déjà condamné ?

Une fois le lave-vaisselle lancé, je rejoignis Lucas dans sa chambre. Il était affalé sur son lit, les yeux au plafond. La Police des Mages lui avait repris sa guitare et sa console de jeux.

– Qu'est-ce que tu veux ? marmonna-t-il. Voir comment se porte le délinquant ?

Je sentis une bouffée de colère m'envahir. Que croyait cet imbécile ? Qu'il était injustement accusé ? Que la vie était cruelle avec lui ? Il avait joué, il avait perdu. Il avait *choisi* de trahir les lois des Mages, de tourner le dos à notre commandement le plus important. Moi, je n'avais rien demandé. Je m'étais toujours comportée comme une fille modèle, même lorsque cela me pesait. Et je me retrouvais dans une situation pire que la sienne.

Est-ce que je me plaignais ? Est-ce que je claquais la porte de ma chambre ? Non !

Il dut remarquer ma colère car il se redressa et me laissa une place pour m'asseoir sur son lit.

– Je ne suis pas ici pour m'apitoyer, soufflai-je. En fait, j'avais une question à te poser.

– Une question ?

Je ne pouvais pas parler à mes parents. Jade ne s'était jamais intéressée à la magie. Lucas, par contre…

– Oui, est-ce que tu t'es déjà intéressé à la magie Noire ?

Il haussa un sourcil surpris.

– Hein ? Pourquoi tu me demandes ça ?

– Tu as eu ta période *dark*, il y a deux ans.

– Ouais, j'écoutais du *death metal* et je portais du noir. Je ne sacrifiais pas les vierges sur un autel. Il y a bien mieux à faire avec une vierge.

Je forçai mon sourire.

– Je m'en doute. Mais ce n'était pas ma question. Je me demandais juste si tu t'étais intéressé au sujet.

– Peut-être... admit-il du bout des lèvres. C'est pas interdit, que je sache ?

Il était temps de jouer la comédie. Ma lèvre inférieure tremblota et mes yeux s'emplirent de larmes.

– J'ai peur, murmurai-je. J'ai peur d'être encore une fois la cible. Lucas, est-ce que tu sais comment on repère un Mage Noir ? Comment le Conseil fera pour le débusquer ? Je n'arrive pas à croire qu'il puisse passer aussi facilement inaperçu.

Embarrassé, Lucas tendit les bras vers moi avant de les laisser mollement retomber. Il n'avait jamais été un frère très tactile – ni moi une sœur pleurnicharde. Mes larmes le prenaient au dépourvu.

Il finit par se lever et me tourner le dos, sans doute pour s'épargner ce spectacle. Ses mains caressèrent machinalement sa bibliothèque remplie de bandes dessinées d'un autre temps – des Tintin, des Spirou, qu'il collectionnait avec passion. Pas très *dark*, pour le coup.

– Je ne sais pas tout, observa-t-il enfin.

Ma respiration s'accéléra avec cet aveu. *Pas tout*, cela signifiait *un peu*.

– N'importe quoi pour me rassurer, articulai-je entre deux hoquets.

– Tu veux un verre d'eau ? Non ? Bon, OK. Euh, qu'est-ce que je peux te dire ? Ils vont le trouver, c'est certain. Mais ça pourra prendre du temps. La magie Noire n'est pas si facile à détecter.

– Comment font-ils alors ?

– Ils sont patients. Ils tendent des pièges. Et surtout, ils espèrent tomber sur une de leurs Ombres.

Je fronçai les sourcils.

– Comment ça ?

– Tu m'en demandes beaucoup, j'ai lu quelques livres, je n'ai jamais pris part à une chasse. Si j'ai bien compris, les Ombres laissent une trace rémanente. C'est-à-dire une trace qui persiste après la disparition de l'Ombre…

– Je sais ce que ça veut dire. De nous deux, c'est moi la bonne élève.

– Pour ce que ça t'a apporté, ricana-t-il. Donc ouais, une trace rémanente. Du coup, la meilleure solution pour le Conseil, c'est d'attendre qu'une Ombre soit repérée puis de la suivre à la trace jusqu'à son invocateur. Bon, c'est plus facile à dire qu'à faire. La plupart du temps, les Mages parviennent à dissimuler cette connexion. Pourtant, ça reste le meilleur moyen de les retrouver. À moins de déceler le Mage lui-même, bien sûr – mais la plupart sont assez prudents pour ne pas utiliser leurs pouvoirs en pleine rue.

La plupart, oui. Moi, non. Je pensai à Gaston, seul dehors. Je lui avais demandé de surveiller la maison d'un membre du Conseil. Si jamais il se faisait prendre, s'ils remontaient jusqu'à moi…

– Et ça prend du temps, de suivre une piste ainsi ?

– Qu'est-ce que j'en sais, moi ? Pourquoi tu me poses toutes ces questions ?

– Je te l'ai dit, j'ai envie que ce Mage soit attrapé le plus vite possible.

– Ouais… Quand je vois comment le Conseil se comporte, parfois je me dis que les Mages Noirs ne sont pas forcément les monstres qu'on imagine. Si ça se trouve, ils sont autant victimes que moi.

– Lucas ! m'exclamai-je sans avoir besoin de simuler ma surprise.

– Ah, oublie, soupira-t-il. C'est juste que… merde, j'ai dix-sept ans. Et dans un mois, je serai probablement derrière les barreaux.

Cette fois-ci, ce fut moi qui tendis les bras pour le consoler. Et, comme lui, je les laissai retomber avant de le toucher.

ALEXANDRE

L'appartement de Sandra n'est pas très grand, mais c'est le sien. Elle a une histoire compliquée, orpheline, baladée de foyer en foyer. Alors elle est fière de cet endroit qu'elle parvient à payer avec les APL et son salaire de barmaid. Dix-huit mètres carrés meublés avec amour. Un BZ replié dans un coin, un tapis bariolé sur le sol, des rideaux roses (elle dit parme, mais bon, c'est rose, quoi) aux fenêtres, des coussins partout, des bâtonnets d'encens qui se consument, une installation hi-fi impressionnante qui diffuse de la musique douce. Un vrai cocon.

Je m'écroule sur le canapé, épuisé. Je ne pourrai pas fuir mon père éternellement, mais je préfère attendre qu'il se calme. Si je parviens à impressionner le directeur technique national, ça réglera beaucoup de problèmes. Il paraît même que l'école a un internat et que je pourrai obtenir une bourse.

Avoir son propre appart, c'est le rêve. Dès que je toucherai assez de thune, je me barrerai de mon HLM. Mes posters au mur, un sac de frappe dans un coin, et je serai le roi du monde.

– Tu as faim ? Je peux préparer des pâtes.

Le seul inconvénient de l'appart de Sandra, c'est Sandra.

Elle se montre prévenante, compréhensive – mais elle n'a qu'un seul lit et de la suite dans les idées. Si j'avais eu une autre solution, j'aurais refusé sa proposition. C'est déjà assez compliqué comme ça avec Manon.

Quelque chose me dit qu'elle va me faire la gueule maintenant. Les filles peuvent se montrer étrangement jalouses.

Nous mangeons devant une émission sans intérêt qui nous évite de parler. Sandra pose sa tête contre mon épaule et nous restons là, sur son plaid rouge moucheté d'étoiles.

– Tu sais, je ne te demande rien, finit-elle par murmurer.

– Je n'ai pas grand-chose à donner, j'admets.

– Un peu de tendresse ?

Je hoche la tête sans répondre. Heureusement, mon téléphone m'offre une distraction bienvenue.

Enfin, quand je dis *bienvenue*...

– Où est-ce que tu es, petit con ?

– Salut p'pa.

Ses insultes ne m'affectent plus depuis longtemps. Au moins, il n'a pas la voix pâteuse. Lorsqu'il boit, c'est toujours pire. Ma langue explore ma bouche ; il y a un an, un de ses coups m'a déchaussé une dent.

– J'ai reçu un coup de fil du proviseur. Cette fois, t'as dépassé les bornes. T'es content de toi, hein ? Putain, et ta mère qui chiale dans la chambre !

Le langage fleuri de mon père. Et Manon s'étonne que je parle comme une racaille. J'écarte le portable de mon oreille pour diminuer le volume de ses imprécations.

– T'es encore à traîner avec tes potes, hein ? Ou avec une de tes filles ? T'as intérêt à revenir sur-le-champ, que je te botte le cul.

– Super argument, p'pa. Ça me donne grave envie de passer.

– Cette fois, tu t'en sortiras pas comme d'habitude. Merde, tu te rends compte des sacrifices qu'on a faits pour toi ? Maintenant, c'est fini. T'as seize ans, tu te démerdes, tu te trouves un job au McDo ou je sais pas où, et tu rapportes de l'argent à la maison.

Je repense soudain à Éloïse, la copine de Manon. Elle m'a toujours paru fade et la nature ne l'a pas gâtée. Pourtant, aujourd'hui, j'ai appris qu'elle travaillait trois soirs par semaine dans un fast-food. Comme Sandra, c'est une fille qui s'assume. Qu'est-ce que je fous de mes journées, moi, à part tremper dans des plans glauques ?

– P'pa, je ne rentre pas.

– Ha ! Ça m'aurait étonné. Toujours à fuir tes responsabilités. Et tu espères devenir boxeur. T'as pas assez de couilles pour ça !

Cette fois-ci, je ne me contrôle plus.

– C'est pas parce que ta carrière a tourné court que tu dois te venger contre moi. C'est toi qui m'as donné envie de boxer, putain, toi, tes histoires, tes encouragements, tes anecdotes, tes vidéos ! Mais depuis quelque temps, ça a l'air de t'emmerder ! Alors non, je ne rentre pas. Parce que si on se croise ce soir, je ne me laisserai pas faire. Et je n'ai pas envie de cogner mon propre père, OK ? J'ai pas envie ! Donc je ne rentre pas. Je reviendrai quand tu seras calmé et quand j'aurai de vraies perspectives. Dans une semaine, peut-être deux. En attendant, oublie mon numéro. Et laisse maman tranquille ou ça se terminera mal !

Mon père écoute ma tirade sans m'interrompre. J'entends sa respiration rauque au bout du fil.

– Tu as seize ans, Alexandre. Je vais prévenir les flics. Ils te ramèneront de gré ou de force. On verra si tu fais toujours le malin.

Il me raccroche au nez. Sandra me regarde, désolée.

– Ça s'est mal passé ?

Je prends le temps de retirer la batterie de mon portable avant de lui répondre. La police peut tracer un téléphone, même éteint. Je n'ai aucune envie de recevoir la visite de Pit et Bull en ce moment. Ils seraient moins accommodants que la dernière fois.

– Eh ben, franchement, ce n'était pas si terrible. Enfin, à condition que je sois sélectionné dans l'équipe de boxe.

Je lui explique la proposition de mon coach et elle m'écoute, les yeux écarquillés. C'est triste, finalement. Cette fille est belle, mature, sensuelle, compréhensive, intelligente.

Et moi, je suis amoureux d'une gamine à tête de souris qui s'habille avec des vêtements improbables, possède des pouvoirs de plus en plus sombres, manipule l'esprit des gens, invoque des Ombres et me fait la gueule.

Lorsque Sandra déplie le BZ, je garde mon boxer. Elle glisse son corps contre le mien. J'ai du mal à rester de marbre. Lorsque je pense à la réaction de Manon, ça a le don de me refroidir. Je ne veux pas la perdre.

Surtout pas en ce moment. Elle a besoin de moi.

Elle ne le sait pas encore, mais elle a besoin de moi.

– Elle est spéciale, cette Manon, hein ? demande Sandra.

– Spéciale, c'est le mot, je marmonne. Putain, c'est vraiment le mot.

– Je l'ai senti, à l'hôpital, quand je l'ai vue pour la première fois. Elle a un regard particulier. (Elle étouffe un petit rire.) Peut-être qu'elle réussira là où j'ai échoué, qu'elle te dressera un peu.

– Personne ne me dressera, je réponds avec orgueil.

– Oui, oui...

Sandre se love contre moi et sa respiration devient régulière.

Je reste là, à fixer le plafond dans la semi-pénombre. Qu'est-ce que je vais faire demain ? Jusqu'ici, le lycée rythmait mes journées. Désormais…

Deux échéances. La boxe et Jordan. Il faut que je trouve où il habite et que j'y fasse un tour. Entrer par effraction dans une maison ne me fait pas peur. Mes amis me suivront, j'en suis convaincu.

Quand j'y réfléchis, on est quand même de beaux branleurs. Ça tombe bien. Un pour tous, tous pour un. Jordan ne sait pas dans quoi il s'est engagé en me provoquant. Je n'ai pas de pouvoirs magiques, mais j'ai des potes.

La lumière me réveille, insistante, à travers les rideaux roses. Sandra dort toujours dans mes bras et je me dégage doucement. Étrange de ne pas avoir de sonnerie en semaine. C'est vrai que son bar ouvre à dix-sept heures et qu'elle travaille surtout en soirée.

Elle émerge alors que je m'active en cuisine. La moindre des choses, c'est de lui préparer un café. Elle sort du lit en souriant, sinueuse et souple et sensuelle et sexy et beaucoup d'autres mots en « s ». Je détourne les yeux, gêné.

– À une époque, tu étais moins pudique, s'amuse-t-elle.

– Ouais, à une époque… Café ?

Elle m'embrasse sur la joue avant de s'emparer d'une tasse. Je l'aime bien, cette fille. Et puis elle m'offre un point de chute sans contrepartie.

Je prends une douche rapide et peste en réalisant que je n'ai pas mes affaires de toilette. Sans gel, mes cheveux ne ressemblent à rien.

Je me rends à la salle de boxe pour m'entraîner. D'accord, si les flics me cherchent, ils passeront forcément par là. Mais je n'ai pas le choix. Je dois être au top lorsque je rencontrerai le directeur technique. D'ailleurs, le coach est présent et se précipite vers moi.

– Ah, Alexandre ! J'ai eu la visite d'un lieutenant de police ce matin. Qu'est-ce que tu as fait ? Rien de grave, j'espère. Parce que des démêlés avec la justice, c'est pas ce dont tu as besoin sur un dossier de candidature.

Si Sandra avait mis un réveil, je serais passé plus tôt – et j'aurais croisé les flics.

– Non, tout va bien. C'est juste mon père qui pète un câble. Il ira mieux si j'ai cette sélection.

– Justement, j'allais t'en parler. J'ai utilisé toute mon influence, je t'ai encensé de manière éhontée et il est OK pour te voir ce mardi. Ce mardi, tu te rends compte ? T'as intérêt à être à la hauteur, je joue ma réputation, là.

Je regarde le coach, une boule dans la gorge. Ce gars ne me connaît que depuis un an et il croit en moi. Alors que mon univers dérape, il croit en moi.

Sans lui, je serais sans doute en train d'agresser des gens dans la rue, de vendre de la drogue ou de voler des scooters. C'est le sport qui est en train de me sauver. J'espère que mes potes auront cette chance. Ils ont été à mes côtés depuis le collège. Hors de question qu'ils finissent en prison ou à l'hôpital.

Je me lance à corps perdu dans l'entraînement puis je reprends une douche – le sport, ça tient propre – avant de passer à la seconde partie de la journée.

Je me rends dans un centre commercial. Au milieu de la foule compacte de treize heures, cadres pressés, mères de famille avec des poussettes, gamins désœuvrés, je remets ma batterie de téléphone en place. Même si on me localise, bon courage pour me trouver.

Mon répondeur bipe. Manon m'a appelé à la pause pour savoir comment j'allais. D'après le ton acide de sa voix, elle m'en veut toujours pour Sandra. Dire que je n'ai rien fait…

Elle m'a aussi envoyé un SMS.

> Tu as un plan ? Ça devient urgent.
> J'aimerais agir avant demain soir.

Urgent, urgent, elle me fait marrer. Je lis les autres messages avant de lui répondre.

Fred s'est renseigné sur l'agression d'hier. Visiblement, ces mecs étaient les dealers précédents de notre contact. Il les a virés et ils n'ont pas apprécié. Ce qui est surprenant, c'est qu'ils aient remonté notre piste aussi vite.

Je ne le dis pas à Fred mais, à mon avis, son contact nous a testés pour voir si on s'en sortirait. Monde de merde. Ou alors je suis juste parano.

À cette heure, mes potes sont à la cantine. Je les appelle à tour de rôle. Azur finit par répondre. Il va mieux ; après ses deux K-O. techniques, il brûle de se battre de nouveau. Contre n'importe qui, il s'en fout.

– Jordan est en cours, juste devant moi. Il se la joue avec Manon. Elle est *space*, cette fille. Hier, elle avait l'air à fond sur toi, et là elle est dans un *trip* romantique avec lui. Limite s'ils ne s'embrassent pas en plein cours.

– Ils s'embrassent ? je gronde.

– Limite, j'ai dit. Non, ça reste soft. Et bizarre. C'est quoi ce bordel ?

– Ça tombe bien que tu en parles. J'ai besoin de toi et des autres pour faire chier Jordan.

– On a le proviseur sur le dos, si on bouge le moindre muscle il nous vire. *No offense*, mais ça serait super chaud.

Bravo les potes.

– Ne vous inquiétez pas. Jordan ne saura pas d'où ça vient – et encore moins le proviseur.

Je lui explique le coup du chantage (sans entrer dans les détails, bien sûr, juste qu'il possède une vidéo compromettante de Manon) et Azur éclate de rire. Ça, ça lui plaît. Il imagine déjà une *sex tape*. Je ne cherche pas à le détromper.

– Et donc faut faire quoi ? Le cogner jusqu'à ce qu'il nous la donne ?

– Non, tu l'as dit toi-même, ce serait direct la case expulsion voire garde à vue. Par contre, si on pouvait s'introduire chez lui, choper son ordi…

Azur n'hésite pas une seconde. Je lui propose une effraction et il se contente de rire. Je l'entends expliquer mon plan aux autres.

Parfait.

On va voir qui gagnera, des Mages ou des branleurs.

MANON

Je me levai, la peur au ventre. Le discours de mon père avait réussi à me terroriser ; lorsque j'avais fermé les yeux, je n'avais pas retrouvé mes rêves liés au Noir mais des cauchemars peuplés d'inquisiteurs zélés, de prisons glaciales et d'instruments de torture menaçants.

Je marchais en direction du lycée, et le boîtier pesait lourd dans ma poche. Grâce à lui – à cause de lui – ma position était connue à chaque minute. C'était pire qu'une surveillance humaine. Si je l'avais porté hier, je n'aurais pu cacher à mon père ma présence dans un parking – ou dans un bar irlandais.

Il avait beau dire que les Mages n'avaient pas le temps de nous surveiller en personne, je tournai avec appréhension au coin de la rue où j'avais prévu de retrouver Gaston. Était-il encore en vie (si on pouvait parler de vie) ou l'avait-on capturé ?

– Bonjour, Maîtresse.

Je sursautai.

Il se tenait là, dissimulé dans l'obscurité de la ruelle. Seul son sourire permettait de le localiser.

– Gaston ! Tout va bien ?

– Oui, je suppose. Même si mes pouvoirs d'illusion sont absolument ridicules. Tu devrais travailler un peu le Violet. C'est une Couleur utile, tu sais.

Je ne me rappelais pas que les Ombres de Fabrice lui donnaient des conseils. Elles lui obéissaient au doigt et à l'œil et s'inclinaient devant lui.

– C'est bon, protestai-je, je sais que je ne suis pas très douée. Ça t'a posé problème ?

– Un peu. Ma puissance provient de la tienne, et j'ai eu du mal à me camoufler. Les Mages qui vivent dans cette maison ont senti ma présence.

Je grimaçai et tâtai le boîtier dans ma poche. Voilà pourquoi Paris se trouvait en état d'alerte. J'avais creusé ma propre tombe.

Tout ça pour me débarrasser de Jordan. Je commençais à en avoir assez de cette accumulation d'ennuis. On me donnait des pouvoirs Noirs et comme si cela ne suffisait pas de devoir me méfier de ma propre famille, un adolescent névrosé décidait de me prendre comme sujet d'étude.

– Désolée, soufflai-je.

Je fus surprise de réaliser que je le pensais vraiment, comme si Gaston était un être humain plutôt que… quoi ? Un fragment d'obscurité animé ? Je fermai les yeux, plongeai dans le Violet (oui, d'accord, ma Couleur faible, gnagnagna) et décelai aussitôt l'être de néant derrière l'apparence agréable que je lui avais donnée. Cela me rassura.

– Pas de problème. Bien, j'ai néanmoins obtenu quelques informations. Il s'agit d'une maison individuelle, sur deux étages.

– En plein VIe arrondissement ?

– Oui, ses parents ont de l'argent, c'est évident. Impasse privée, barrière, voiture de luxe. Pas de chien ou d'autre animal de compagnie.

– Comment le sais-tu ? Tu es entré ?

– Non, mais ta maîtrise du Rouge est meilleure que celle du Violet, donc la mienne aussi. Aucun bruit à l'intérieur avant que la famille n'arrive, pas un reniflement. Certes il pourrait y avoir des poissons mais même un cochon d'Inde fait tourner sa roue de temps en temps. Satisfaite ?

Son ironie me tapait sur les nerfs.

– Quoi d'autre ?

– Le père est rentré vers vingt heures, la mère dix minutes plus tard. C'est elle qui a réalisé que quelqu'un utilisait les Couleurs à proximité. Par chance, elle a marqué une pause et j'ai compris qu'elle m'avait repéré avant qu'elle n'attaque.

– On t'a attaqué ?

– Une cage de flammes. Exécutée à la perfection. Si je n'avais pas bougé avant, elle m'aurait capturé. Cette femme est dangereuse.

Intéressant. Le Conseil des Mages avait recruté Philip et c'était son épouse qui avait décelé ma créature. Au moins les membres du Conseil étaient-ils faillibles.

– Et Jordan ?

– Il n'était pas rentré. Et, pour être honnête, j'ai préféré ne pas traîner dans le coin. J'ai fui du plus vite que j'ai pu. Elle m'a poursuivi quelques secondes avant d'abandonner. Heureusement, car elle m'aurait rattrapé sans difficulté. Elle a dû craindre un piège.

– Je ne savais pas que les Ombres avaient un instinct de préservation, murmurai-je sans réfléchir.

Un sourire triste flotta sur les lèvres de Gaston.

– Je ne suis pas vivant – vivante – au sens propre du terme. Je ne sais même pas ce que je suis exactement. Cela ne m'empêche pas de vouloir profiter de ces moments dans le monde avant de rejoindre le néant.

Tout cela me dépassait. Et cette note de tristesse dans la voix de Gaston… Décidément, je n'avais pas imaginé les Ombres ainsi. Ma main se referma sur le boîtier dans ma poche. J'aurais tellement aimé demander conseil à mon père. Il avait toujours réponse à tout.

– Très bien. Euh, je suis contente de toi. Vraiment.

– Veux-tu me confier une nouvelle mission ?

En arrivant ici, j'avais pris la décision de dissiper l'Ombre. La discussion avec Lucas m'avait fait comprendre le danger que je courais en la laissant en pleine nature. Tant que je ne manifestais aucun pouvoir Noir, je restais indétectable – du moins l'espérais-je.

Un geste, un battement de cils, et Gaston retournerait au néant.

Pourtant, j'hésitais.

Peut-être était-ce le visage que je lui avais donné ou la manière tranquille dont il me parlait, mais je le considérais comme une personne à part entière. Le détruire ainsi reviendrait à l'assassiner. J'en étais incapable pour l'instant.

– C'est trop dangereux, soupirai-je donc. Déniche un endroit où te cacher et n'utilise pas les Couleurs. J'aurai sûrement besoin de toi plus tard. Par contre, il va me falloir un moyen de te contacter. Un portable, peut-être ?

Je pouvais récupérer un vieux téléphone chez moi. Une carte prépayée fournirait la puce.

– Pas besoin de technologie pour te retrouver, me coupa Gaston. Nous sommes liés.

– Liés ?

– Plonge dans le Noir.

Intriguée, j'obéis. La *présence* qui grondait en moi était calme, et j'en profitai pour m'approcher du Spectre. Une fois baignée de Noir, je compris aussitôt de quoi parlait Gaston.

Une chaîne d'obscurité fusait de son nombril, tel un cordon ombilical, et m'attachait à lui.

Voilà pourquoi les Ombres ne disparaissaient pas comme les autres manifestations des Couleurs ! Elles étaient liées en permanence à leur créateur – ou leur créatrice.

– N'importe qui peut savoir que c'est moi qui t'ai invoqué, réalisai-je.

– N'importe qui capable d'utiliser le Noir. Cela restreint un peu, corrigea Gaston gentiment. Les autres ne peuvent apercevoir qu'une image rémanente. C'est déjà beaucoup. C'est déjà trop.

Il avait raison, encore une fois. Pourtant, les paroles de Lucas résonnaient en moi. Je jetai un regard nerveux à ma montre. Si je restais trop longtemps dans cette impasse, une alarme sonnerait-elle au Conseil des Mages ? Je tendis une main hésitante à Gaston, qui la serra tout aussi maladroitement.

– Bon, je dois filer. Cache-toi bien, hein. Si tu te fais tuer, ça m'ennuierait de devoir te, euh, réinvoquer. Est-ce que ce serait toi, d'ailleurs, ou quelqu'un d'autre ?

– Aucune idée. Je crois que ce genre de débat a passionné les érudits du Moyen Âge. Les Ombres ont-elles une âme ? Enfin, c'est une question qui se posait également au sujet des femmes, à une époque.

Sur ces mots, il tourna au coin de la rue et je me retrouvai seule.

Je pressai le pas jusqu'au lycée. Les murs gris m'avaient toujours procuré un sentiment de sécurité et d'appartenance. Aujourd'hui, ils me rappelaient surtout Jordan.

Il m'attendait devant mon bureau. Malgré son habituel sourire possessif, il semblait nerveux.

– Hello, *darling*. Tu as passé une bonne soirée ?

– Excellente, merci, répondis-je sèchement.

– Et tu as entendu parler de…

Il me montra discrètement le boîtier qu'il tenait dans sa poche. Je hochai la tête, désignai le renflement dans la mienne.

– C'est inquiétant, cette histoire d'Ombres, non ? murmura-t-il en s'approchant. Tu as déjà eu affaire à elles. Elles sont dangereuses ? Mon père ne veut pas m'en parler.

Je me rappelai la liberté de ton de Philip lors du repas chez nous. Il gardait donc des secrets pour son fils ?

– Elles maîtrisent moins bien la magie que nous mais sont dangereuses en nombre, ânonnai-je. Surtout, elles ne peuvent s'éloigner de leur Maître. Il doit donc se trouver sur Paris.

Je comprenais pourquoi, désormais. Cette chaîne d'obscurité qui nous reliait…

– Manon !

Éloïse s'engouffra dans la salle de cours sans égard pour nos messes basses.

– C'était trop bien, hier soir ! Tu crois qu'il y aurait moyen de revoir Gaston rapidement ? Il m'a fait une super impression !

– Gaston ? demanda Jordan, surpris.

– Son cousin, expliqua Éloïse en agitant les bras. Grand, beau, fort et grave intelligent. J'ai *adoré* notre conversation hier.

Tu parles. Elle avait monologué près d'une heure et il s'était contenté de hocher la tête en rythme. Malgré la situation, je dissimulai un sourire.

– Ah oui, ton cousin, observa Jordan.

S'il était aussi psychopathe que je l'imaginais, il s'était un tant soit peu renseigné sur ma famille et savait que je n'avais ni oncle ni tante, a fortiori pas de cousin. Il garda pourtant le silence, son drôle de sourire aux lèvres.

J'expliquai à Éloïse que j'allais rapidement organiser la séance au bowling dont elle avait parlé et tournai délibérément le dos à Jordan.

Hélas, il ne l'entendait pas ainsi. Il attendit que mon amie s'assoie pour reprendre la conversation.

– Il paraît que la ville n'est pas sûre, en ce moment. Nos familles seraient rassurées de nous savoir ensemble. Ça te dirait d'aller au cinéma après les cours, ce soir ? Nous finissons à seize heures. Qu'en penses-tu ?

J'en pensais que je n'avais aucune envie de me retrouver dans une salle obscure avec ce pervers. Je me rappelais ses mains baladeuses pendant la soirée Halloween. À l'époque, je n'avais pas su comment réagir. Aujourd'hui, je n'avais plus le moindre doute.

– Désolée, ça ne me tente pas du tout. Et puis Alexandre a été renvoyé. Maintenant, tu n'as plus aucun moyen de pression.

Il me rit au nez.

– Tu crois que je ne sais pas que tu le vois en dehors du lycée ? Tu me prends pour un abruti ? Ne joue pas avec moi, Manon. Si tu refuses les règles, je préviens ta famille. Renvoyé ou pas, Alexandre passera un sale quart d'heure. Tu ne voudrais pas lui imposer ça, hein ? C'est un peu à cause de toi qu'il a été exclu.

Ses mots ne me blessaient même pas, et il parut déçu. Pourtant, il avait raison. Tant qu'il possédait cette vidéo, je ne pouvais me permettre de l'ignorer.

– Je ne me sens pas bien ce soir, marmonnai-je. Demain, si tu veux ? Oui, demain sans faute.

Il me fixa derrière ses petites lunettes.

– Demain ?

– Oui. Je te le promets.

– Alors va pour demain. Je m'en voudrais de te mettre la pression, *darling*.

Darling. Ça faisait longtemps.

– Je ne comprends pas ce que tu cherches, grommelai-je. Tu te rends compte que je ne te parle que parce que tu m'y obliges ? Tu penses *vraiment* que je vais changer d'avis parce qu'on aura regardé un film ensemble ?

– J'ai beaucoup à te faire découvrir, Manon. Beaucoup à te montrer. Je sais que je m'y prends mal, mais je n'ai pas le choix. Si j'étais moins... offensif, tu serais encore dans les bras d'Alexandre. Tu comprendras bientôt.

Il effleura ma joue et approcha ses lèvres des miennes, plus vite que je ne l'aurais imaginé. J'eus juste le temps de détourner la tête, et son baiser atterrit au coin de ma bouche. Je me figeai, trop furieuse pour réagir. Il se contenta de rire en regagnant sa place.

Le prof arriva enfin, et le calme retomba sur la classe. Je profitai qu'il ait le dos tourné pour envoyer un message à Alexandre.

> Tu as un plan ? Ça devient urgent.
> J'aimerais agir avant demain soir.

– Hé, ça va ? s'inquiéta soudain Éloïse.

Je sursautai, cachai l'écran de mon téléphone.

– Hein ? Pourquoi tu me demandes ça ?

– Tu saignes, regarde.

Elle tendit la main et effleura ma bouche. Ses doigts revinrent pourpres.

– Comment tu t'es fait ça ?

Je sortis un mouchoir sans répondre et le pressai contre mes lèvres.

ALEXANDRE

Aujourd'hui, les cours se terminent à seize heures. Fred, Azur et Charles me rejoignent à la station Châtelet, où nous tenons notre conseil de guerre. Je suis certain que Jordan a autre chose à faire que me surveiller, mais je préfère ne pas prendre de risque. La foule du métro nous protège mieux que n'importe quelle magie.

– Bon, si tu nous racontais clairement dans quelle merde tu t'es fourrée ? résume Azur.

Malgré les combats de la veille, il est dans une santé insolente, prêt à en découdre.

Je leur explique que Jordan possède une vidéo très compromettante de Manon. Histoire de les motiver, je précise que cette preuve m'implique aussi. Voilà qui arrache un sourire amusé à Fred et une remarque sexiste à Charles. Ils ont une imagination très fertile.

Leur rôle sera d'occuper Jordan pour qu'il ne rentre pas chez lui avant que j'aie trouvé cette vidéo.

Et, pour éviter qu'il se serve de ses pouvoirs, je suggère que mes amis lui tombent dessus dans un lieu fréquenté. Un centre commercial, par exemple.

– Et on finira au poste. Super plan, objecte Fred. Je sais pas pour toi, mais j'ai pas envie d'attirer l'attention des flics alors qu'on commence à dealer. En plus, ça risque de coincer avec le lycée aussi. On était plutôt chauds pour l'effraction, nous.

– Vous ne le frappez pas – enfin, pas trop, vous ne l'agressez pas, vous vous contentez de le retenir ou de l'insulter. C'est une partie importante du plan, je pensais que ça vous défoulerait.

Azur fait craquer ses jointures.

– Pour nous défouler, ça nous défoulerait, ouais. Pourquoi tu veux qu'on fasse ça au milieu de la foule, par contre ? On peut l'attirer dans un coin sombre, comme d'hab.

– Faites-moi confiance, OK ? Ce mec est dangereux, tu l'as vu.

– À trois sur lui, kung-fu ou pas, il n'a pas la moindre chance.

Je lève les yeux au ciel.

– Sérieux, suivez juste mon plan. Pendant ce temps, je m'introduis chez lui.

– Avec Manon ?

– C'est la seule à savoir où Jordan a planqué la vidéo, je mens sans hésiter.

– Je suis pas convaincu, maugrée Charles en jouant avec son cran d'arrêt. On peut tous venir et s'il se pointe, on le défonce.

Charles le Téméraire dans ses œuvres.

– Non, personne ne doit se douter qu'on est entrés. Faites-moi confiance sur ce coup. Merde, hier je suis venu vous aider, non ?

– Si, admet Charles.

– Chacun son tour, confirme Fred. De toute façon, on est les trois mousquetaires, on sera là pour s'aider. Toujours.

Il me fixe de son regard franc et une gêne intense m'envahit. Je ne leur ai même pas parlé de l'opportunité de rejoindre un cursus de boxe qu'on vient de m'offrir. Si je m'en sors, moi, est-ce qu'on continuera à se voir ? Je préfère éviter la question lâchement.

– Bon, et comment on sait où le trouver ?

– Manon va l'appeler et lui donner rendez-vous à Montparnasse.

– Putain, tu nous as fait venir ici pour qu'on redescende à Montpar' ?

– On n'est jamais trop prudent.

– Hé, c'est qu'un mec, proteste Charles.

– Tu es sûr qu'il viendra ? intervient Fred. Il ne se méfiera pas ?

– Il est à fond sur Manon. Il ne se méfiera pas.

– J'en connais un autre, grommelle Azur.

Je ne relève pas. Ils finissent par accepter. J'espère que ça ne dégénérera pas.

J'ai pris toutes les précautions auxquelles j'ai pu penser. Devant autant de témoins, Jordan n'utilisera pas de pouvoirs trop voyants. Manon m'a expliqué que l'efficacité du Violet dépendait du nombre de témoins et de cibles, donc ça lui sera difficile de manipuler mes trois potes à la fois – en tout cas, je l'espère. Et s'il se contente d'utiliser le Rouge, il prendra une branlée.

Le Rouge, le Violet… voilà que je raisonne comme Manon. Dire qu'il y a peu, cet univers m'était complètement étranger !

J'abandonne mes amis sur un dernier encouragement et ils s'engouffrent dans la rame de métro. J'attends leur départ, saisi d'un sombre pressentiment.

Puis j'appelle Manon.

– Allô ? OK, je suis à Châtelet. Il faudra que tu donnes rendez-vous à Jordan à Montparnasse dans le centre commercial. Ou devant un cinéma, tiens, ça sera encore plus crédible

– Alexandre, j'ai un souci.

Voilà autre chose.

– Qu'est-ce qui se passe cette fois ?

– Mes parents sont au courant, pour les Ombres.

– Pour tes pouvoirs ?

– Non, ils ne savent pas que c'est moi, mais ils ont détecté l'utilisation de magie Noire dans Paris. Je suis de nouveau sous protection.

Je me masse les tempes, déprimé. Si elle a sa mère sur le dos, rien ne fonctionnera comme prévu.

– Et tu peux parler librement ?

– Oui. On m'a donné un… un système d'alarme et de géolocalisation. Pour connaître ma position en permanence.

– Le rêve de tous les ados, j'ironise. Heureusement que tu ne l'avais pas hier.

– J'avoue que ça aurait été compliqué. Du coup, pour ce soir, je ne sais pas comment faire.

– Tu ne peux pas l'abandonner quelque part ? Sous un banc, dans une poubelle ?

– Si le signal reste trop longtemps immobile, une brigade sera envoyée pour vérifier que tout va bien. Sans parler des explications que je devrai fournir pour la perte d'un objet aussi précieux.

Je réfléchis à toute vitesse. Je ne suis pas le mec le plus brillant du monde, mais j'ai téléchargé des centaines de films et de séries d'action, de *Taken* à *True Detective* en passant par *Dexter* ou *Drive* et son héros déjanté. Tiens, maintenant que j'y pense, ça fait longtemps que je n'ai pas pris de cure-dents. Ça m'aidait à arrêter la clope. Il faut croire que ces histoires de magie m'ont changé les idées.

Stop. Il faut que je me concentre. Manon compte sur moi. Enfin, je crois.

– D'accord, si le signal ne bouge plus c'est mauvais signe. Dans ce cas, tu ne peux pas le donner à quelqu'un ? Genre à ta copine ? Elle part faire les boutiques et hop, tout s'arrange.

– Oui, marmonne-t-elle au bout du fil. C'est une bonne idée. Mais qu'est-ce que je raconte à Éloïse ? Je n'ai pas envie de l'impliquer dans cette histoire.

– Je ne sais pas, moi. Tu crois qu'elle te posera des questions ?

– Tu connais Éloïse…

Pas vraiment – et pourtant, je comprends ce que Manon veut dire. Son amie a toujours l'air survoltée, habitée d'une curiosité dévorante.

– Dans ce cas, je suis à sec. Sur le coup, ça me paraissait une bonne idée. Si tu ne veux pas la mouiller…

– Attends…

Je sens l'excitation dans sa voix.

– Donner ce boîtier à quelqu'un, c'est lui faire courir trop de risques. Par contre, si je le confie à…

Elle s'interrompt.

Et soudain, je comprends.

– Tu veux utiliser ton Ombre ? Tu vas donner le boîtier à ton… Gaston ?

– Non. On risque d'avoir besoin de lui. Il faudrait que j'invoque une autre Ombre.

Aussi facilement que ça ?

– Attends, Manon, tu m'as dit que c'était dangereux !

– Tu commences à parler comme mes parents.

Elle a pris un ton boudeur, et j'éclate de rire. Qu'est devenue la fille sage et réservée d'il y a quelques jours ? Celle qui avait peur de fermer les yeux ? Qui pensait que le Noir dévorerait son âme ?

– Désolé, je ne dis plus rien, je sais ce que c'est que d'avoir des adultes sur le dos. Tu penses en être capable sans te faire repérer ? C'est le branle-bas de combat sur Paris en ce moment.

– Je pense y arriver, oui. De toute façon, on le saura bientôt.

– Et tu ne veux pas attendre que toute cette histoire se tasse ?

Sa voix monte dans les aigus.

– Non, je n'attendrai pas ! Jordan me couve du regard dès que je m'approche de lui. Tout à l'heure, il m'a mordue.

– Hein ?

– Mordue ! À la lèvre ! Je ne m'en suis pas rendu compte tout de suite, et pourtant je saignais.

Jordan, bienvenue chez les fous. Une fois que j'aurai sa vidéo, on réglera nos comptes.

– Il insiste pour aller au cinéma avec moi. Alexandre, je ne veux pas rester seule avec ce psychopathe. Il faut qu'on agisse tout de suite.

– OK, OK. C'est toi qui vois. Crée ton Ombre et donne-lui ton fameux boîtier. Tu en as pour combien de temps ?

– Vas-y sans moi, je te rejoins là-bas. Tu as l'adresse ?

– Oui, dans le VIe arrondissement. À la limite de la carte scolaire du lycée Pasteur. Ses parents voulaient vraiment qu'il se trouve dans ta classe.

– Je pense plutôt que c'est un hasard. Un malencontreux hasard.

– Oui, comme la fuite de gaz, comme le fait qu'il t'ait suivie pour te filmer. Les probabilités sont perturbées à proximité de ce garçon…

Je ne sais pas comment terminer cette conversation. *Je t'embrasse ? Tu me manques ?* Notre histoire a commencé de manière étrange, et elle continue sur le même mode. Impossible de savoir ce qu'elle donnera.

C'est sans doute ça le plus excitant.

Je finis par raccrocher sur un *Bon, ben à plus* de circonstance.

Et je prends le métro, direction le VIe arrondissement.

Je ne sais pas pourquoi, mais je ne la sens pas, cette affaire.

MANON

– Je ne suis pas sûr que ce soit une bonne idée, observa Gaston.

– Tu t'inquiètes pour moi ? souris-je.

– Disons que mon sort est intimement lié au tien. Je ne voudrais pas que tu dépasses tes limites.

– Tout se passera bien…

J'avais beau le rassurer, je n'en menais pas large. Je me tenais sous le porche d'un immeuble, dans une ruelle sale que la lumière peinait à pénétrer. Je grimaçai en réalisant que je recherchais désormais l'obscurité, devenue ma confidente et mon alliée.

– Je compte sur toi pour monter la garde et me prévenir si quelqu'un arrive, soufflai-je.

– Toujours là pour toi, Maîtresse.

L'Ombre s'installa derrière moi, bras croisés, et je plongeai dans le Spectre. Dans le Noir.

Cela devenait de plus en plus facile. En acceptant mon côté obscur, je trouvais enfin la paix intérieure. La prairie apparut, le vent, la nuit. Tout cela ne m'impressionnait plus.

La Couleur pulsa en moi. Je rouvris les yeux, me concentrai sur une poche de ténèbres comme s'il s'agissait d'une routine savamment...

Sombre.
Noir.
Obscur.
Nuit.
Ténèbres.
Néant.

Une douleur indicible me contracta la poitrine et je tombai à genoux avant d'avoir eu le temps de crier. Le pouvoir que j'avais emmagasiné se *débattait* dans mes mains comme s'il possédait une vie propre.

– Maîtresse ! s'écria Gaston.

Mes oreilles bourdonnaient. J'avais envie de tuer. Tuer Jordan. Peu importait la vidéo qu'il détenait. Mes ennuis disparaîtraient avec lui. Mon père s'en prendrait peut-être à Alexandre, mais ce ne serait pas la première fois. Je lui rendrais la mémoire. Pourquoi n'avais-je pas songé à cette solution si évidente ?

Et je n'avais pas besoin d'Alexandre non plus. Lui aussi pouvait *mourir*. C'était le seul à connaître mon secret, le seul à pouvoir le révéler, le seul à me menacer, il m'en voulait, c'était certain, je devais le détruire *détruire détruire DÉTRUIRE.*

– Maîtresse ?

La voix de Gaston me parvint de très loin. Je me concentrai et, dans un effort suprême, repoussai les cauchemars qui m'assaillaient. Le pouvoir se tortilla entre mes mains, sous contrôle, impuissant.

Je dirigeai mon énergie, façonnai de nouveau l'obscurité...

... et une seconde Ombre apparut.

Elle était plus petite, plus menue que Gaston. Peut-être avais-je utilisé moins de puissance. Peut-être avais-je inconsciemment pensé à Éloïse alors que j'avais pris Alexandre comme modèle la première fois. Elle endossa l'apparence d'un homme androgyne, mince, les traits fins.

Je relâchai mon emprise sur le Noir et les pensées venimeuses s'interrompirent.

– Maîtresse ? demanda l'apparition. Tout va bien ?

– Oui, elle a juste besoin de reprendre son souffle, intervint brutalement Gaston. Laisse-lui du temps.

Les deux Ombres se jaugeaient. On aurait presque dit qu'elles éprouvaient une certaine rivalité. Aucun des textes de Gaius ne m'avait préparée à une telle éventualité. Les Ombres de Fabrice coopéraient sans souci.

– Bienvenue, murmurai-je, parce que devenir une Mage Noire ne m'ôterait pas mes bonnes manières. As-tu un nom ?

– Celui que tu voudras, Maîtresse.

On s'habitue à tout, même à être appelée ainsi. J'esquissai un pâle sourire.

– Je ne sais pas, moi. Choisis.

– C'est à toi de me nommer, insista l'Ombre.

– Eh bien…

Le nom jaillit de ma mémoire, issu d'un livre que j'avais toujours adoré. *Le Portrait de Dorian Gray*. Je jouais avec des forces qui me dépassaient, et cela semblait de circonstance.

– Dorian, affirmai-je.

– Alors je m'appelle Dorian.

J'aurais aimé passer plus de temps à discuter, poser des questions, comparer les différences entre ces deux Ombres, prendre des notes, créer un tableau Excel, étudier leur manière de fonctionner, analyser cette présence inquiétante qui me poussait au crime, comprendre comment m'en préserver.

L'heure tournait, aussi tendis-je mon boîtier à Dorian. J'avais l'impression de trahir mon père.

– Tiens, un système de géolocalisation. Tu te promèneras dans le centre commercial comme si tu faisais des courses, sans rester trop longtemps à la même place. Et surtout, n'appuie jamais sur le bouton.

Dorian observa l'appareil d'un air dubitatif.

– C'est tout ? C'est pour ça que tu m'as invoqué ?

– Oui, c'est tout, mais c'est essentiel. Sans toi, mon plan n'aboutira pas.

– Je préférerais t'assister autrement, objecta l'Ombre. Me battre. Te protéger. Te soutenir.

– Ça, c'est mon rôle, s'interposa Gaston.

De nouveau, mes créations se défièrent du regard.

Je gémis intérieurement. Elles étaient pires qu'Alexandre !

– Si je te demande cette diversion, c'est parce que je te fais confiance, insistai-je. Et puis, zut, quoi, tu es censée m'obéir !

– Bien, Maîtresse.

Dorian glissa le boîtier dans sa poche puis s'éloigna d'un pas traînant.

Je me retrouvai seule avec Gaston. Tout s'accélérait, et je n'aimais pas ça du tout.

– Il est temps d'appeler Jordan, marmonnai-je pour moi-même.

Je toussai pour m'éclaircir la voix, puis composai son numéro. Son accent américain inimitable retentit aussitôt.

– Manon ? Qu'est-ce que tu veux ?

– Eh bien, tu ne m'appelles pas *darling* ? Qu'est-ce qui t'arrive ? tentai-je de plaisanter.

– Je suis un peu occupé, grommela-t-il.

– Ah, c'est dommage. Moi qui voulais te proposer qu'on se voie...

Son ton changea.

– Aujourd'hui ? J'avais peur que tu ne veux pas.

– Veuilles, Jordan, c'est du subjonctif. J'avoue que je n'ai pas très envie de me retrouver dans une obscure salle de cinéma avec toi, j'espère que ça ne te vexe pas. On ne se connaît pas encore très bien, et j'ai de nombreuses raisons de t'en vouloir.

– Je sais, je suis un monstre, ricana-t-il, nullement déstabilisé.

– Tout ça pour dire que... si tu veux qu'on s'entende un jour, autant procéder par étapes. Je suis au centre commercial de Montparnasse pour du shopping, tu as envie de m'accompagner ?

– Du shopping ?

– Des vêtements, une robe, un top, peut-être du vernis à ongles. J'aimerais avoir ton avis.

Pour la première fois, il paraissait hésitant.

– Je ne sais pas, je n'y connais pas grand-chose.

– Ce n'est pas grave, c'est ta présence qui est importante. Mais si tu es occupé, tant pis.

Je parvenais à m'étonner. Moi qui avais toujours eu du mal à mentir sans rougir, voilà que je me transformais en fieffée manipulatrice.

– Non, protesta-t-il. Je peux me libérer. Dans trente minutes, c'est bon ?

– C'est parfait !

– Alors je pars tout de suite, *darling* !

Il raccrocha et je restai avec l'écho de sa voix joyeuse. Il semblait sincèrement heureux que je lui laisse une chance. Bon sang, pourquoi tout était-il toujours compliqué ?

J'appelai Alexandre pour qu'il prévienne ses amis puis m'engouffrai dans le métro, Gaston sur mes talons.

D'après Jade, plus on est une fille sage, plus notre crise d'adolescence est brutale. On pouvait dire que j'avais fait fort, question rébellion contre l'autorité parentale.

Je rejoignis Alexandre deux stations plus loin. J'aurais pu y aller à pied, mais j'étais encore un peu faible après l'utilisation du Noir. Surtout, deux chaînes d'obscurité reliaient désormais mon corps à celui de mes créations. Je me doutais que je devais en payer le prix. Autant ne pas me fatiguer plus que nécessaire.

Alexandre se tenait à l'angle du boulevard, son sourire habituel aux lèvres, et je ne pus m'empêcher de me sentir heureuse. D'accord, j'étais une midinette, j'étais stupide, j'étais ridicule. Il n'empêche. Après tout ce que j'avais vécu, je mourais d'envie qu'il me serre dans ses bras.

Et comme j'agissais désormais selon mes impulsions, je courus vers lui et me blottis contre son torse. La première surprise passée, il me rendit mon étreinte. Je levai la tête pour l'embrasser, oubliant toute la haine du Noir dans la chaleur de son souffle.

– Hum, fit Gaston en se raclant la gorge.

Je l'ignorai, prolongeant le moment au-delà du raisonnable. Lorsque je m'écartai enfin, je fus satisfaite de voir qu'Alexandre semblait aussi perturbé que moi. Cette… Sandra l'hébergeait peut-être, mais c'est moi qui le faisais vibrer.

– Hum, répéta Gaston.

Alexandre lui dédia un salut ironique avant de se retourner vers moi.

– Mes potes sont devant le magasin. Ils ne pourront pas le rater.

– De mon côté, j'ai donné le boîtier à une autre Ombre. Nous ne disposerons pas de beaucoup de temps. Mes parents s'inquiéteront si je rentre trop tard.

Dix-sept heures vingt. Si tout se passait bien, nous récupérerions la vidéo en quelques minutes et je serais de retour à la maison pour dix-huit heures trente sans que cela pose problème. Au-delà, en revanche...

Tout dépendait des amis d'Alexandre, de leur habileté à retenir Jordan et de la réaction de cette brute lorsqu'elle réaliserait qu'elle avait été jouée. J'essuyai machinalement ma lèvre, là où il m'avait mordue.

– C'est parti, fit sombrement Alexandre.

Nous remontâmes le boulevard et nous arrêtâmes devant une petite maison. Dans ce quartier, une location coûtait une fortune. Les parents de Jordan avaient de l'argent, à la différence des miens. Aux États-Unis, les Mages n'hésitaient pas à s'improviser chefs d'entreprise, tout en respectant à la lettre les ordres de discrétion du Conseil.

Officiellement. La conduite de Jordan m'incitait à douter de leur candeur.

– Ils ont de la thune, siffla Alexandre entre ses dents, résumant la situation en quelques mots.

Mes pupilles virèrent au Rouge alors que j'amplifiais mes sens au maximum. J'orientai mon ouïe vers la maison, guettant le moindre bruit.

Gaston avait raison : pas d'animal de compagnie. Pas non plus de femme de ménage, ce qui aurait ruiné notre plan. Pas de bain qui coule, pas de robinet qui fuit, pas de latte qui grince, pas même le bruit d'une page de livre que l'on tourne. Le calme absolu.

– Gaston, tu restes à l'entrée. S'il y a le moindre problème, tu viens nous chercher, d'accord ?

– Je préférerais t'accompagner.

Qu'est-ce que c'était que ces Ombres avec leur caractère buté ? Je fronçai les sourcils.

– Non, tu restes là et tu montes la garde.

Cette fois-ci, il baissa les yeux.

– Très bien, Maîtresse.

– C'est chaud qu'il t'appelle *maîtresse*, ricana Alexandre. Ça fait très SM.

– SM ?

Il soupira.

– Rien. On y va ?

Je relâchai mon emprise sur le Rouge, convoquai le Jaune. C'était tellement facile. Pas de combat ici, pas de perte de contrôle, pas de suggestions malsaines. La magie coulait entre mes doigts, vive et joyeuse.

J'avais dit à Alexandre qu'il n'y avait pas de piège magique, mais je me méfiais des systèmes d'alarme classiques. Je délaissai donc porte et fenêtre pour m'avancer vers un pan de mur abrité de la rue par un porche.

Je regardai à droite, à gauche.

Personne.

Parfait.

Je me concentrai et touchai du doigt la surface de béton lisse. La pierre répondit à mon appel. Elle s'écarta doucement, presque tendrement. Je posai ma main à plat, puis la tournai comme si je traçais un cercle avec un compas. Obéissant, le mur se creusa, laissant une ouverture de près d'un mètre de diamètre.

– Alors ça… souffla Alexandre.

– Quoi, tu as déjà vu des boules de feu, des rafales de vent, des boucliers d'eau, et ça te surprend encore ? plaisantai-je pour calmer ma nervosité.

– Disons que c'est impressionnant. Tu m'étonnes que vos pouvoirs doivent rester secrets. Vous pourriez réussir le casse du siècle.

– Voilà pourquoi il y a une Police des Mages. Et pourquoi on doit se dépêcher.

Gaston se tenait à l'autre bout de la ruelle. Il leva le pouce pour nous signaler que tout allait bien. Je la regardai, mon Ombre, cette part de moi-même qui était presque mon enfant.

Je me glissai dans l'ouverture et Alexandre me suivit.

ALEXANDRE

J'ai fait pas mal de conneries dans ma vie, mais c'est la première fois que j'entre dans une maison par effraction. Et avec style ; Charles en laisserait tomber son passe-partout.

Nous débouchons dans un salon équipé d'appareils dernier cri : écran plat de 40 pouces de diagonale, home cinéma, chaîne hi-fi – sans parler des tableaux au mur qui doivent valoir un paquet de fric.

– Heureusement que tu n'as pas creusé un mètre plus à gauche, murmurai-je. On aurait défoncé toute leur installation.

– C'est pour ça que j'ai d'abord interrogé le béton, pour vérifier ce qu'il y avait derrière.

Interrogé le béton ? Dès que je crois avoir compris sa magie, elle me scie avec un truc nouveau.

Pas de chien de garde pour nous agresser, pas de pentacle ni de démon. Manon repose ses mains sur le mur et la fissure se referme aussi vite qu'elle s'était ouverte. Nous voilà plongés dans une semi-pénombre. Je résiste à l'envie d'appuyer sur un interrupteur. Autant rester le plus discrets possible.

Puis je me cogne le gros orteil sur la table basse et mon cri de guerre déchire le silence :

– Putain de bordel de merde de table à la con, fait chier !

– Il faudrait vraiment que tu revoies ton vocabulaire, observe Manon, mi-figue mi-raisin.

Je déplie mon majeur tout en bondissant sur place. Ça fait mal, cette connerie !

Manon, elle, avance sans hésiter. Encore une manifestation de ses pouvoirs ? Elle a l'air de plus en plus à l'aise avec l'obscurité. Ça me fait froid dans le dos. Elle sort de sa chrysalide, c'est clair – et quel sera le résultat ? Tout à l'heure, elle n'a pas hésité à me sauter dessus en pleine rue. Agréable, bien sûr – et un peu perturbant de la part de la fille la plus coincée de la classe.

Elle pousse une porte et nous nous retrouvons devant une grande chambre, plutôt une suite parentale ; je vois l'entrée d'un dressing et d'une salle de bains dans le fond. Le lit est recouvert d'une peau de panthère. On peut être riche et avoir des goûts de chiotte.

Nous continuons notre exploration. Le rez-de-chaussée révèle une grande cuisine, une salle à manger, un bureau et une petite pièce sobrement décorée. Par acquit de conscience, je jette un œil à l'intérieur. Un canapé-lit trône dans un coin, encore à moitié emballé. C'est vrai que la famille s'est installée très récemment.

– Ça doit être à l'étage, je suggère.

Manon arque un sourcil. Je commence à connaître ce regard, le fameux « merci gros malin pour cette remarque ô combien pertinente ». Ouais, j'utilise ses propres mots.

Je lui rends son regard, accentue mon sourire, et elle finit par détourner les yeux.

Nous sommes là, tous les deux dans une maison vide, et je pense plus à sa présence près de moi qu'à l'effraction que nous commettons. J'ai un vrai problème.

L'escalier grince assez pour que Manon s'arrête à chaque marche, aux aguets. Son Ombre dehors n'a toujours pas lancé l'alarme, ce qui est bon signe. Nous arrivons sur le palier – et nous touchons directement le jackpot !

Devant nous, les deux portes sont décorées de panneaux colorés. Un rose intitulé *Shirley's Room* et un bleu avec l'inscription *Jordan's Room.*

– Comment est-ce qu'on peut garder un tel écriteau sur sa chambre à cet âge ? je marmonne. C'est marrant à huit ans, à dix on écrit *No pasaran* et à douze, on laisse tomber.

Manon ne répond pas. Malgré l'obscurité, je jurerais qu'elle a rougi.

D'un geste déterminé, je pousse la porte. Rien ne se passe ; Manon avait raison, la maison n'est pas piégée. Nous entrons dans une chambre trois fois plus grande que la mienne.

Une fenêtre donne sur un jardin privé en contrebas et de lourdes bibliothèques habillent les murs opposés. Un lit est poussé contre un bureau en acajou recouvert de papiers et de cahiers.

Et un ordinateur portable trône en son milieu.

– Voilà ce qu'on cherchait ! s'enthousiasme Manon.

Je hoche la tête en continuant à observer la pièce. Autant le panneau sur la porte faisait gamin, autant cette chambre est beaucoup plus adulte que celle d'un lycéen. Où se trouvent les posters ? La guitare dont il se vantait de jouer ? Les jeux vidéo ?

Non, des bouquins, des bouquins, des bouquins. Et pas un seul manga.

Je m'approche d'une bibliothèque, soulève un livre qui traite de l'anatomie des batraciens. Il y a un public pour tout.

Pendant ce temps, Manon allume l'ordinateur. C'est une vieille bécane, qui met du temps à démarrer. Elle consulte sa montre, exaspérée.

– Plus vite, plus vite...

– On est arrivés jusqu'ici, on a fait le plus dur. Un peu de patience...

Mes conseils pertinents ne l'empêchent pas de pianoter avec exaspération sur le bureau. Elle finit par fouiller dans les papiers.

– On cherche une vidéo, tu ne la trouveras pas là.

– Ni dans la bibliothèque, persifle-t-elle sans me regarder.

– C'est passionnant, ce qu'il lit. Des précis de médecine à la douzaine. Tiens, un Vidal. Je me disais bien que je reconnaissais ce bouquin, la mère de Fred a le même. C'est...

Je m'interromps. Sous le Vidal se trouve un levier en acier.

– Manon, je chuchote.

– Une seconde, ce maudit ordinateur est presque allumé.

– Manon, je répète.

Le ton de ma voix l'alerte enfin. Elle me rejoint en deux enjambées et ses yeux s'écarquillent.

– Qu'est-ce que c'est que ça ?

– Si tu veux mon avis, ça déclenche une porte secrète.

– Tu as lu trop de mangas, observe-t-elle.

– Et toi pas assez.

Sur cette réplique sans appel, je tends la main et je pousse le levier malgré le cri d'avertissement de Manon.

Aucune trappe ne s'entrebâille sous nos pieds, aucun rayon de mort ne nous foudroie. À la place, une partie de la bibliothèque pivote.

– Tu vois, c'était sans danger, je la rassure. Qu'est-ce que c'est que ça ?

Un pan de mur a coulissé pour révéler la porte d'une boîte chromée vaguement rectangulaire, presque aussi haute que moi. Je perçois un léger bourdonnement d'électricité.

– Si tu veux mon avis, un frigo, me singe-t-elle.

Je suis parvenu à la même conclusion. Il n'empêche, qu'est-ce qu'un frigo fait là ? Je n'aime pas ça du tout. Avant que Manon ait pu protester, j'ouvre la porte.

C'est bien un frigo. L'intérieur ressemble à celui qu'on a chez moi, avec ses quatre étages et son compartiment fruits et légumes. Je découvre successivement deux canettes de Coca, une bouteille d'eau et une autre de vodka.

Ainsi qu'une bonne dizaine de poches plastique emplies d'un liquide rougeâtre.

– Eh, Manon, il est un peu flippant ton Jordan.

– C'est du sang !

À chacun son tour de prononcer des évidences.

– Ouais, bravo, c'est du sang. Et du coup, ça veut dire quoi ?

– Beaucoup de choses, murmure Manon. Beaucoup de choses.

– Ça te dérangerait de m'expliquer ?

Elle soulève une des poches, observe son contenu à travers l'ampoule du frigo.

– Je t'ai déjà parlé de ceux qui forçaient sur la couleur Rouge, non ?

– Ouais, les... ah, les vampires ? Merde, tu veux dire que...

Je reste muet face à cette banque du sang improvisée. Si j'avais su qu'on pénétrerait en plein *Twilight*, j'aurais embauché un loup-garou.

– Jordan m'a répété plusieurs fois qu'il était différent. Qu'on était différents, tous les deux. Que c'était pour ça qu'il me trouvait aussi attirante.

– Pas besoin d'être un buveur de sang pour te trouver attirante.

J'espérais que mon compliment lui ferait plaisir, mais elle me prête à peine attention, perdue dans ses pensées.

– J'ai souvent été étonnée par la manière dont il percevait des bruits ou par la rapidité avec laquelle il se rétablissait, comme s'il était plongé dans le Rouge en permanence. Je comprends mieux maintenant.

– Tu crois que ses parents sont au courant ?

– Quoi ?

– Ben, le frigo, là, il est pas vraiment discret. Je vois mal Jordan installer une porte secrète tout seul. Et je ne suis pas sûr qu'un gars de notre âge saurait trouver un stock de sang facilement, pouvoirs magiques ou pas. Tu penses que ses parents le protègent ?

Elle se mordille la lèvre, troublée.

– Je ne sais pas. Sûrement. Un comble pour un Mage qui vient d'entrer au Conseil où les Vampires provoquent la même révulsion que les Mages Noirs.

– Tu vois, il avait raison, vous formiez le couple parfait, je ricane. Oh, c'est bon, je plaisante, *darling*.

– Appelle-moi encore une fois comme ça et je te montre de quel bois je me chauffe, gronde-t-elle avec ce sens de la formule désuète qui lui est naturel.

Je sors mon portable et photographie le stock de sang.

– Mission accomplie, et plus facilement qu'on le pensait. Même si on ne trouve pas sa vidéo, on a les moyens de le faire chanter. Égalité, balle au centre. Il sera obligé de te lâcher.

– Je n'en suis pas si sûre. Il faudrait admettre que nous avons pénétré illégalement dans cette maison. Et si ses parents sont au courant, ils remueront ciel et terre pour le protéger.

– Tu n'as qu'à dire à ton père qu'il a essayé de t'agresser...

Je lui montre l'écran de mon portable et elle contemple la photo, hésitante. On voit très bien de quoi il s'agit. Je ne sais pas si c'est une preuve suffisante...

– Je ne connais pas les priorités de votre Conseil des Mages, mais j'ai l'impression qu'être un Vampire est une infraction plus grave que de parler de vos pouvoirs à un humain, non ? Il sera bien obligé d'abandonner.

– Je n'ose pas imaginer la catastrophe que ça causera au sein du Conseil, murmure Manon.

– Il n'y aura pas de catastrophe. Jordan cédera.

– Tu es sûr ? Il est fou, Alexandre. Complètement fou. Il le faut, pour en arriver à basculer du côté des Vampires. Et je ne parle pas de son père qui le protège. Le mien... le mien m'aurait livrée dès les premiers symptômes.

Elle semble si fragile, si désemparée. Je l'attire dans mes bras, et elle ne résiste pas. Elle est toute petite, j'ai peur de la casser. Et pourtant, elle sait se montrer forte et courageuse.

Je la berce, et ses cheveux viennent m'effleurer le nez. Son shampooing sent bon, une odeur légèrement sucrée, fraise ou framboise peut-être ; je n'ai jamais été doué pour reconnaître les fragrances.

À la sentir ainsi frissonner contre moi, je sens une vague de désir m'envahir. Je la réprime sauvagement et m'écarte de Manon, les dents serrées. Pour me changer les idées, je jette un œil vers l'ordinateur.

Il s'est enfin allumé et clignote en demandant un mot de passe.

– Et merde, je grogne.

Manon prend une grande inspiration et se recoiffe d'une main distraite avant de revenir vers l'écran.

– On aurait dû s'en douter, avoue-t-elle. Tu t'y connais en *hacking*, toi ?

– Pas du tout. Et toi ?

– Non plus.

Nous nous regardons, dépités.

– Qu'est-ce qu'on fait, alors ?

Un coup de tonnerre nous interrompt. Je ne peux m'empêcher de sursauter. Manon enfouit sa tête contre mon épaule avant de s'écarter, honteuse de sa réaction. Elle jette un œil par la fenêtre, surprise.

– L'orage ?

La nuit est quasiment tombée, mais le ciel était clair lorsque nous sommes arrivés. Pas de trace de pluie contre les carreaux. Pas d'éclair annonciateur.

– Si ton Gaston avait besoin de t'avertir en urgence, comment crois-tu qu'il s'y prendrait ?

Manon me dévisage, soudain inquiète.

Au rez-de-chaussée, la porte d'entrée vient de s'ouvrir.

MANON

Je tendis l'oreille, concentrai mes perceptions. C'était pire que ce que j'imaginais. J'entendais les éclats de voix d'un couple. Je me morigénai pour mon inconscience. Ce n'était pas parce que Gaston les avait vus arriver hier à vingt heures que le schéma se reproduisait tous les jours à l'identique.

Si j'avais eu le temps, une surveillance d'au moins une semaine aurait été nécessaire. J'avais fait avec les moyens du bord, et voilà où nous en étions.

– Ils sont là tous les deux, soufflai-je. Les parents. Nous sommes coincés.

Alexandre se pencha vers la fenêtre.

– Tu crois qu'on peut passer par là ? demanda-t-il sur le même ton.

Déjà des bruits de pas retentissaient dans l'escalier. J'étais certaine que n'importe quel Mage pourrait déceler les battements de mon cœur ou ma respiration sifflante.

Des bribes de conversation en anglais me parvinrent alors que les parents s'installaient dans le salon.

Pour l'instant, ils ne se doutaient de rien. Je bénis mon professeur de quatrième qui m'avait fait apprécier cette langue et me permettait de comprendre leurs échanges. Philip se plaignait d'un de ses collègues au Conseil tandis que sa femme répondait par borborygmes tout en allant se servir un verre. J'entendis le tintement d'une carafe contre le plan de travail.

– On fait quoi ? demanda Alexandre.

Son souffle juste contre mon oreille me fit sursauter. J'avais presque oublié sa présence, concentrée comme j'étais sur les bruits du rez-de-chaussée. Je le foudroyai du regard et portai mon index à mes lèvres. Il ne pouvait pas se montrer plus discret ?

Tout ce que nous pouvions faire, c'était attendre. Attendre et espérer qu'une occasion se présente.

– Mes potes ne vont pas retenir Jordan indéfiniment, reprit Alexandre un ton plus bas. Si nous sommes encore là quand il rentre…

Oui, j'étais au courant. Mais je ne voyais pas comment faire. La moindre utilisation de magie risquait d'être repérée.

Je m'approchai de la fenêtre qu'avait désignée Alexandre tout à l'heure. J'avais l'impression que chacun de mes pas résonnait sur le plancher. Je coulai un regard à l'extérieur.

La nuit tombait sur Paris. Au-dehors, la rue dévidait sa circulation paresseuse. Nous étions à près de quatre mètres du sol. Je ne me voyais pas passer par ici sans aide magique.

Je secouai la tête devant l'interrogation muette d'Alexandre puis retournai près de la porte pour écouter les parents de Jordan.

Le bruit de la télévision me rassura. S'ils pouvaient se concentrer sur une série stupide, peut-être seraient-ils moins sensibles aux variations du Spectre. Une minute s'écoula, puis une autre. Alexandre désigna sa montre d'un air insistant et je hochai la tête, plus énervée que je l'aurais cru. Pensait-il vraiment que nous restions ici par choix ?

Soudain, la télévision s'arrêta et mon cœur manqua un battement. J'entendis clairement la voix de la femme, soudain méfiante :

– *There's something wrong in the air. Someone used the Colors around here.*

– *You sure ?*

Mary baissa la voix et je n'entendis pas sa réponse.

Une chaise frotta contre le sol. J'imaginais les deux se lever, soudain aux aguets. Je réprimais un haut-le-cœur lorsque la première marche de l'escalier grinça.

Quelqu'un montait.

Je réfléchis à toute vitesse.

Fuir ? Par où ?

Attaquer ? Comment ?

Nous cacher ? Où ?

La panique m'envahit, une terreur bien plus ancienne que celle que le Noir m'inspirait : celle de l'enfant qui va se faire gronder par un adulte. Je redevenais une petite fille qui perdait tous ses moyens.

Le coup de tonnerre se reproduisit, plus bruyant que le précédent. Les carreaux vibrèrent. Puis une explosion de lumière nous aveugla.

– *Someone's at the door !* cria Philip à quelques pas de moi.

– *Do you think it's the same Shade as yesterday ?* renchérit Mary au rez-de-chaussée.

– *Only one way to know for sure...*

Il dévala l'escalier pour rejoindre sa femme, et j'entendis la porte d'entrée s'ouvrir.

Je restai bouche bée. Gaston avait pris la mesure de la situation et venait à notre aide en attirant les parents au-dehors. Bénis soient cette Ombre et son esprit d'initiative !

– Ton Ombre ne fera pas le poids longtemps, murmura Alexandre. Il faut qu'on file.

Je pensai à Gaston, à son sourire lumineux que j'avais copié sur Alexandre, à la manière dont Éloïse en était tombée amoureuse au premier regard. Je serrai les dents.

Sombre.
Noir.
Obscur.
Nuit.
Ténèbres.
Néant.

– Il ne sera pas le seul à nous défendre, grinçai-je.

Je plongeai dans le Noir.

Une colère sourde montait en moi, et je défiai la présence, quelle qu'elle fût, de me chercher des noises. Je n'avais qu'une envie, lui tordre le cou. Elle dut sentir ma fureur car elle ne s'approcha pas.

Je saisis l'obscurité à bras-le-corps et projetai ma volonté sur les zones d'ombre de la chambre de Jordan. Je ne cherchai pas à créer des traits particuliers, des expressions, des sourires. Je travaillai au jugé, répartissant mon énergie entre différentes sources.

– Oh putain, chuchota Alexandre.

Deux nouvelles Ombres se tenaient devant moi. Elles avaient à peine apparence humaine. Leurs contours frémissaient, se déformaient pour se confondre avec la nuit environnante.

– Maîtresse, prononcèrent-elles d'une voix de basse.

– Pas le temps de vous trouver un nom, grondai-je, blindant mon cœur pour ne pas hurler. Sortez aider Gaston, détournez l'attention des Mages qui l'agressent, et gagnez du temps pour que nous puissions fuir !

Sans un mot, les deux Ombres ouvrirent la fenêtre et s'élancèrent alors que le froid de novembre pénétrait dans la pièce.

Mon téléphone se mit à vibrer : mon père. Non, pas maintenant. Pourtant, je n'avais pas le choix.

Je m'apprêtais à décrocher lorsque Alexandre posa sa main sur mon épaule.

– Attends.

– Si je ne réponds pas…

– … il donnera l'alerte et enverra ses hommes vers ton traceur dans le centre commercial.

– Je ne vois pas en quoi c'est une bonne nouvelle.

– Ça détournera l'attention d'ici. Tu crois que tu es la seule à pouvoir avertir ta Police des Mages ? M'est avis que les parents de Jordan en sont capables aussi ! Autant brouiller les pistes.

Alexandre avait raison. Au cœur de l'action, il se débrouillait bien mieux que moi. Je fis un pas pour sortir de la chambre, puis deux, et m'effondrai dans ses bras. Il me releva gentiment.

– Qu'est-ce qui se passe ?

– J'ai trop puisé dans mes Pouvoirs, je crois.

– Tu m'étonnes ! Tu as créé combien d'Ombres, là ? Quatre ? C'est autant que Fabrice, non ? Tu déchires !

– Je ne sais pas si *je déchire*, mais je n'en peux plus.

Je n'avais pas besoin de fermer les yeux pour savoir que les liens de Noir s'étaient multipliés. Ces Ombres tiraient leur énergie de ma force vitale.

– Ce n'est pas comme si je n'avais pas l'habitude de te porter. Attends, il me reste un truc à faire.

Il projeta l'ordinateur de Jordan sur le sol puis l'écrasa d'un coup de pied. L'écran implosa.

– Je pense que le disque dur n'a pas aimé. Si on a du bol et qu'il n'a pas mis sa vidéo en ligne, c'est tout bénef. Et si on n'a pas de bol… eh ben ça défoule.

Il me récupéra avant que j'aie pu protester. Je voulus l'insulter, mais ce n'était pas le moment. Et puis j'aimais bien quand il me portait.

Il descendit les escaliers quatre à quatre et se ruait à l'extérieur lorsque je ressentis le premier choc.

Ce fut comme si une décharge électrique me frappait. Une souffrance émotionnelle indicible, l'impression que je perdais ma sœur, ma mère, mon enfant...

– Nooooon, gargouillai-je, alors que la douleur pulsait dans tout mon corps.

– Manon ! Ça va ?

Non, ça n'allait pas. Une des cordes de Noir était en train de se désagréger, l'une des dernières que j'avais créées. Elle frissonna, puis disparut entièrement et je poussai un râle d'agonie. Sans la moindre délicatesse, Alexandre posa sa main sur ma bouche.

– Je ne sais pas ce qui se passe, mais on doit être discrets, OK ? Ne le prends pas mal.

Je me débattis. Comment osait-il ? Mes enfants étaient en danger ! Mes enfants ! Mes enf...

La deuxième explosion survint avec une brutalité inouïe. Je me débattais encore dans la perte de la première Ombre lorsque la seconde corde s'évanouit. Il n'y eut pas d'avertissement, juste un passage de vie à trépas. Je rejetai la tête en arrière et mordis la main d'Alexandre de toutes mes forces pour ne pas hurler. Son sang coulait dans ma bouche et je continuais à serrer, rendue délirante par la souffrance et la sensation de perte qui m'assaillaient.

– Tu. Me. Fais. Mal, prononça distinctement Alexandre, son regard rivé au mien.

Je le voyais sans le voir. Ses yeux bleus étaient dilatés par la douleur et la colère, pourtant il ne criait pas. S'il y parvenait, j'en étais capable, moi aussi. Je me concentrai pour desserrer les mâchoires afin qu'il dégage sa main. Le sang coulait à flots. Je déglutis, un goût métallique dans la bouche.

Et toujours cette sensation de perte intense. J'avais créé deux Ombres, je les avais envoyées à la mort, sans même leur donner de nom, sans même me soucier d'elles.

Elles avaient obéi.

Elles étaient mortes.

Je les avais perdues.

Par ma faute.

Je pleurai, sans honte, sans pudeur. Alexandre me berçait en traversant le salon. Il tentait de sécher mes larmes et ne réussissait qu'à étaler son sang sur mon visage en une sorte de rituel impie.

– *There's more of them !* cria Mary.

– *It's a full-out assault. What do they want ?*

– *The girl's in trouble as well. Manon. What should we do ?*

– *First things first.*

Les bribes de conversation flottaient dans mon esprit sans rime ni raison. Je ne parvenais plus à me concentrer. Nous émergeâmes juste derrière les parents de Jordan. Trop prudents pour utiliser des pouvoirs visibles en pleine rue, ils harcelaient Gaston avec des rafales de vent discrètes et de redoutables illusions. Mon Ombre disparut au détour de la ruelle et ils se lancèrent à sa poursuite.

– *Wait ! Someone's behind us !* s'exclama Philip.

Il ne pouvait pas me reconnaître, pas en position fœtale dans les bras d'Alexandre, le visage dissimulé contre son torse, dans la semi-pénombre. Je ne m'en cachai pas moins du mieux que je pus tandis qu'Alexandre allongeait sa foulée. Mû par un instinct incroyable, il bondit de côté et commença à zigzaguer alors qu'une rafale d'air frappait le mur à quelques centimètres de lui.

– *Get the Shade, I'll get the others*, hurla Philip.

Alexandre courait à toute allure, mais je savais comment tout se terminerait. Philip plongerait dans le Rouge et nous rattraperait en quelques secondes.

Je fermai les yeux et cherchai le Spectre. Il fallait que je trouve une solution. Peut-être une illusion ? Ah non, je maîtrisais mal ce domaine. Créer un mur au milieu de la rue ? Ou nous permettre de voler ? Je me sentais si…

Et puis ce que je redoutais arriva.

La sensation de perte était sans commune mesure avec les deux précédentes.

On m'arrachait le cœur et on me le réduisait en miettes.

– NOOOOOOOON ! hurlai-je, malgré Alexandre, malgré ma voix reconnaissable, malgré tout ce que je m'étais promis, bien que je m'y sois attendue depuis le premier choc que j'avais reçu. NOOOOON ! NOOON !

Je pleurais, je hurlais, je tempêtais, je devenais folle alors que le troisième lien se défaisait entre mes mains, le lien de Gaston, le lien de cette Ombre qui m'avait souri, qui s'était moquée de moi, qui avait plu à Éloïse, qui s'était interrogée sur sa propre mortalité, qui avait montré sa jalousie, qui voulait me protéger, qui m'avait protégée, protégée jusqu'à sa destruction, qui avait bravé mes ordres pour me prévenir et attirer les autres au-dehors, qui se dissolvait en particules d'ombre, en particules de rien, en particules de néant, en particules de Gaston.

Le plus fort, c'est Gaston, le plus sport c'est Gaston...

Et je hurlai, je hurlai sans m'arrêter, je hurlai encore lorsque Philip arriva à notre hauteur, les mains levées prêtes à lancer un sortilège dévastateur.

Je hurlais toujours lorsque Philip fut projeté en arrière par une tornade de vent qu'il n'avait pas anticipée. Et lorsqu'une obscurité de plomb s'abattit sur nous, noyant la rue et les réverbères dans une nuit sans étoiles. Et lorsqu'une main se posa sur mon épaule pour nous pousser dans une nouvelle direction.

– Arrêtez de crier, enfin ! siffla une voix que je ne connaissais pas. C'est contre-productif.

Et je ne hurlai plus, car un bâillon de vent me muselait la mâchoire.

ALEXANDRE

Manon n'arrête pas de hurler. Pour la discrétion, c'est raté. Je ne sais pas ce qui lui arrive, mais ça a l'air violent. Tout en courant, je presse ma main contre mon torse pour stopper le flot de sang. Elle m'a mordu jusqu'à l'os ! Et cette fois-ci, ce n'était pas pour boire.

On est vraiment dans la merde. J'ai un Mage aux trousses, un vrai, pas une Ombre. S'il me chope, c'est la fin.

Et il va me choper.

Obligé.

Tout à coup, je ne vois plus rien. Les murs de la rue disparaissent dans un néant cotonneux. Je trébuche sur les pavés inégaux et manque m'effondrer lorsqu'une main sur mon épaule me stabilise.

– Arrêtez de crier, enfin ! grogne une voix bourrue, à peine audible à travers les hurlements. C'est contre-productif.

Les hurlements de Manon s'interrompent net. Qui a parlé ? C'est encore une de ses Ombres qui nous vient en aide ? Je commence à m'y perdre, moi.

Philip lâche un juron derrière moi. Il appelle du secours. Donc ce n'est pas lui qui est en cause. Tout en serrant Manon contre moi, je tends une main et avance au jugé.

– Oh, pour l'amour de… s'exaspère la voix inconnue. Par ici !

Les doigts reviennent contre mon épaule et me poussent. J'ai une envie furieuse de cogner. La seule chose qui me retient, c'est la fille dans mes bras – et mon poing qui pisse le sang. Et puis, les ennemis de mes ennemis sont mes amis, ou un truc comme ça.

Je me laisse docilement guider dans cette mer d'encre. Les cris de Philip deviennent plus lointains, plus agressifs. J'entends une explosion, le sol tremble. Les doigts continuent à me guider. Obéissant, je tourne à droite, avance pendant quelques mètres avant de changer de nouveau de direction.

Enfin silencieuse, Manon respire sourdement contre moi. Ses ongles sont crispés contre mon torse. Elle me fait mal mais ce n'est rien par rapport à la douleur qui traverse ma main. Si ça la rassure, tant mieux.

Petit à petit, les environs s'éclaircissent. J'aperçois le néon d'une enseigne de fringues. Pourtant, je ne vois toujours pas mon propre corps. À deux mètres du magasin, enfin, enfin, ma vision s'ajuste et je réapparais.

Nous nous trouvons dans une ruelle qui jouxte la place Saint-Sulpice. Malgré l'heure de pointe, il n'y a pas grand monde. Un couple se donne un coup de coude en nous voyant apparaître, puis s'éloigne.

– Par là, ordonne la voix.

Je me tourne vers l'inconnu. C'est un homme d'une quarantaine d'années, les cheveux longs, la mâchoire carrée, avec une veste en cuir qui a connu des jours meilleurs. Il ressemble à un biker, un *Hell's Angel* tout droit sorti d'un film des années 80. Malgré un début de ventre à bière, il dégage une force impressionnante.

– Vous êtes qui, vous ? je demande avec diplomatie.

– Ton sauveur. C'est tout ce qui devrait t'importer pour l'instant. Suis-moi.

Il se dirige à grandes enjambées vers une brasserie. Je détaille l'enseigne avec curiosité ; c'est un bar de luxe, avec des prix indécents et des serveurs impeccablement habillés. Je n'aurais pas choisi cet endroit pour y entrer avec une main en sang, un biker rebelle et une fille dans les bras.

Comme je n'ai pas trop le choix, je lui emboîte le pas. Malgré l'heure, nous trouvons une table sans problème. L'homme s'installe et pousse un grognement de plaisir en étirant ses muscles.

– Pose-la doucement sur la chaise à côté de toi. Elle est en état de choc, ça va passer. C'est toujours dur quand on perd une Ombre. Surtout à son âge. Qu'est-ce qu'elle croyait, cette gamine ?

– Vous... tu es un Mage Noir ?

– Qu'est-ce que vous prenez ?

Un serveur plein de morgue nous interrompt. J'ai tellement l'habitude de parler magie sans réfléchir que sa présence ne me choque pas. Je fais semblant de lire la carte avant de commander une pinte.

– Vous avez plus de dix-huit ans ? s'informe le serveur.

– Non, intervient le biker. Donnez-lui juste une carafe d'eau. Moi, je prendrai deux bières. J'ai soif.

Le serveur le dévisage, les yeux étrécis, avant de tourner les talons. L'inconnu rigole.

– Ouais, je suis un Mage Noir. Dis donc, pour un humain, tu t'y connais plutôt bien. C'est ta copine qui t'a mis au courant, je suppose ?

– Quelque chose comme ça… Et donc, tu es qui ?

– Tu peux m'appeler Simon. Et toi ?

– Alexandre.

Les bières arrivent. Simon me verse solennellement un verre d'eau avant de me tendre une chope lorsque le serveur s'est éloigné. Si c'est un Mage Noir, il a l'air moins coincé que Fabrice. Il n'empêche, je ne relâche pas mon attention. Je désigne Manon du doigt.

– Tu peux l'aider ?

– Non. Mais ça va passer. Ça passe toujours.

Comme pour lui répondre, Manon pousse un profond soupir. Sa main vient chercher la mienne ; c'est en la lui serrant que je me rappelle que je saigne. Je m'empare d'une serviette et l'enroule autour de ma blessure.

– Ça va ? je demande.

Je regrette aussitôt d'avoir posé la question. Ses yeux sont rouges d'avoir trop pleuré, son maquillage ne ressemble plus à rien. Des toiles d'araignées s'accrochent à son regard. Bien sûr, que ça ne va pas.

– Oui, murmure-t-elle tout de même.

– Ah, c'est plus rapide que prévu, observe Simon. Tu veux une bière, toi aussi ? Non ?

– J'ai mal... À l'intérieur...

– C'est normal. Et ça ne va pas te consoler, mais on ne s'y habitue jamais. Encore aujourd'hui, je me rappelle certaines Ombres.

– Vous êtes...

– Simon. Un Mage Noir. Celui qui vient de te sauver la vie. Choisis ce qui t'arrange.

Mon téléphone vibre. J'ai tellement envie de savoir ce que ce Simon fait ici que j'hésite à répondre avant de me ressaisir. C'est Fred.

– Alexandre ? Il s'est barré.

J'avais complètement oublié mes potes. Putain, je suis en dessous de tout.

– Pas grave, on vient de s'enfuir. Vous l'avez retenu le temps qu'il fallait.

– Ouais, ben la prochaine fois ne compte pas sur nous, hein. Ce mec est un malade !

Je baisse la voix devant le regard scrutateur de Simon.

– Qu'est-ce qui s'est passé ?

– On l'a attendu devant la boutique, comme prévu. Lorsqu'il est arrivé, on l'a entouré. Il n'était pas content de nous voir. D'ailleurs Azur a eu une super idée, il a improvisé et...

– Oh merde.

Je n'aime pas quand Azur improvise. Souvent, ça se termine en bain de sang.

– Non, écoute, c'était super ! Il a prétendu qu'on était tombés sur Manon par hasard, et qu'on l'avait un peu bousculée parce qu'elle t'avait largué, et qu'elle nous avait dit que Jordan arrivait pour la protéger. Sérieux, c'était nickel, il est devenu vert.

– Euh...

– Bon, c'est après que ça s'est compliqué. On a refermé le cercle sur lui, tu vois, normal. Sans le cogner, juste pour lui faire peur. Et il a commencé à devenir chelou.

– Chelou ?

– Il a frappé Azur en pleine gueule, sans avertissement. Il l'a étalé d'un coup ! C'est vraiment pas sa semaine... Alors on lui est tombés dessus, et il est devenu berserk. J'avais du mal à croire qu'il savait se battre, OK, j'ai plus de doute. Il arrêtait pas de hurler « Manon, Manon ! » comme un possédé. J'ai voulu l'immobiliser et il a failli m'arracher l'oreille, ce con ! Heureusement que Charles lui a fait une clé de bras. Mais il a réussi à se dégager. Je sais pas comment il...

– Viens-en au fait, Fred.

Sa voix hésite.

– Ben…
– Fred ?
– Il nous a torchés. Il a pété le poignet de Charles, et à partir de là c'est parti en vrille. J'étais seul contre lui, j'ai fait ce que j'ai pu, mais il est grave ce mec. Il répétait en boucle qu'il allait me tuer, il m'a fait flipper.
– Et les vigiles du centre commercial ?
– Tu crois qu'ils seraient intervenus ? De toute façon, on n'est pas cons, on l'avait attiré à l'écart. On faisait gaffe aux flics, aussi. Y a bien un gars qui a tenté de s'interposer, mais il a croisé le regard de Jordan et il a battu en retraite. Je te jure, c'est un psychopathe ! Faut pas se fier à ses lunettes pourries.
– Azur, Charles, ils vont bien ? Toi je te demande pas, tu as l'air en forme.
– Ouais, ça va. Enfin ils tiennent debout, quoi. Charles va passer à l'hosto rapport à son poignet. Moi, c'est surtout l'orgueil. Parce que je ne t'ai pas raconté le pire. Il a fini par me balayer les jambes, je me suis retrouvé par terre, il m'a chopé à la gorge. Et là… il avait des canines, mec, comme un vampire. Je sais que tu vas pas me croire, mais comme un vampire.

Oh, je le crois.

– … et il s'est penché vers moi, juste contre mon cou, et il m'a dit : « Si tu ne m'expliques pas où est Manon dans les deux secondes, tu meurs. »
– T'es encore en vie, je suppose que tu lui as dit ?

– Ouais. Désolé. Enfin, pas la vérité, mais faudra prévenir ta copine qu'elle est grillée. J'ai pas réfléchi, j'ai pas honte d'avouer que j'ai failli me pisser dessus. Alors j'ai dit que Manon nous avait demandé de le tabasser, que je ne savais pas où elle était mais qu'il ferait mieux de la laisser tranquille, un truc comme ça. Que je l'avais pas touchée. Bon, d'un côté ça l'a calmé et il m'a lâché. De l'autre… de l'autre il s'est barré en courant. Il y a dix minutes.

– Dix minutes ? Et tu ne m'appelles que maintenant ?

Sa voix monte dans les aigus.

– Oh, Alexandre, tu trouves pas que t'abuses ? J'ai dû choper Azur et Charles, filer du centre avant que la sécurité n'arrive, trouver un endroit calme, vérifier qu'on était entiers. Faut pas déconner non plus, là c'est toi qui nous dois un méga service. Plus jamais je m'en approche, de ce connard.

– Moi je vais lui planter un couteau dans le dos, tousse Charles en arrière-plan.

Je me tourne vers Manon, qui a écouté ma partie de la conversation dans un silence religieux.

– Tu as reçu un coup de fil de Jordan ?

Elle regarde son téléphone à son tour, hoche lentement la tête.

– Six appels en absence.

– Je dois te laisser, Fred. On n'est pas encore sortis de la merde. Rentrez chez vous, faites profil bas. C'était du super boulot. T'as raison, je vous dois un putain de service. Un pour tous, tous pour un.

– Mousquetaires mon cul, crache Fred avant de raccrocher.

Le silence retombe sur notre table. Je m'empare de ma bière – je n'avais pas réalisé que j'étais assoiffé.

– Vous êtes incroyables, observe Simon d'une voix tranquille. Vous introduire dans la maison d'un Mage du Conseil ! Vous vouliez mourir ?

– Nous avions nos raisons, rétorque Manon, butée.

– Voilà où ça vous a menés. Petite, tu es pâle comme un cierge. T'es sûre que tu ne veux pas de bière ? Ça guérit tous les maux. Non ? Ton mec est plus intelligent que toi.

Il termine sa chope, s'essuie les lèvres sur sa veste et rote avec délectation. Puis il se penche en avant et cale ses énormes avant-bras sur la table.

– Manon, il faut qu'on parle. Est-ce que tu sais où se trouve Fabrice ? Ça fait plus d'une semaine que je le cherche. Et, vu tes pouvoirs, son plan a fonctionné.

MANON

Rien n'était plus comme avant. Il y avait un trou béant là où se trouvait mon cœur quelques minutes auparavant. Gaston avait disparu, laissant un vide impossible à combler. Je sentais encore, de manière diffuse, la présence de Dorian quelque part dans Paris. Cela ne m'intéressait pas. Je ne voulais plus rien avoir à faire avec les Ombres et la souffrance qu'elles m'apportaient.

Pourtant, la question de ce Simon me fit sursauter. Et il m'avait appelée par mon prénom. Comment le connaissait-il ?

– Fabrice ?

– Ouais, Fabrice. Grand, maigre, qui parle comme un bouquin. Alors il a réussi, pas vrai ? Grâce à lui, tu as rejoint notre confrérie ?

Je fixai mes mains, muette. C'était à cause de Fabrice que je possédais des pouvoirs étranges. Que j'avais failli perdre Alexandre. Que je n'avais plus confiance en mes parents. Que je souffrais de cette atroce douleur. Que je ne savais plus où j'en étais, ni comment réagir.

Fabrice.
Tout était sa faute.

Sombre.
Noir.
Obscur.
Nuit.
Ténèbres.
Néant.

À travers un voile de fatigue, je sentis la *présence* en moi gronder, menacer de prendre le contrôle. J'essayai de lutter, sans succès. J'avais trop présumé de mes forces et mes Ombres réclamaient vengeance. Des pensées de haine et de violence m'assaillaient avec une énergie renouvelée. La *créature* s'agitait, consciente que je ne pouvais plus l'arrêter.

Tuer, tuer, tuer, TUER…

Simon soupira. Il ferma les yeux, tendit les mains vers moi. Ma colère reflua, me laissant vide et tremblante.

– Fabrice ne t'a pas appris à te contrôler ? C'est pourtant la première étape. Je suis surpris que tu aies survécu. Enfin non, je suis surtout surpris que les autres aient survécu. (Il poussa le verre sur la table d'une pichenette.) Bon, assez plaisanté. Que s'est-il passé ? Où est Fabrice ?

– Il est mort, intervint Alexandre, la voix sombre. Et ce n'est pas moi qui vais le pleurer.

Alexandre, le roi de la diplomatie. Simon se tourna lentement vers lui.

– Comment ça ? demanda-t-il, étrangement calme.

– Faut communiquer un peu, dans votre clan. Fabrice a kidnappé Manon, a essayé de me tuer pour lui ouvrir ses chakras, là, votre rituel à la con. Sauf que les parents de Manon sont intervenus et l'ont buté avant qu'il y parvienne.

– Comment... (Simon s'interrompit.) Je vois. C'est lui qui est devenu son propre sacrifice...

– Ça vous pose un problème ? grinça Alexandre. Sinon, c'est moi qui serais mort.

– Oui, oui, ça aurait sûrement été très triste. Il n'empêche que la disparition de Fabrice est une catastrophe. Vous êtes sûrs qu'il est mort ?

– Certaine, intervins-je en me rappelant ses yeux fumants, son sourire tordu comme s'il riait d'une plaisanterie qu'il était le seul à goûter.

Simon s'absorba dans ses pensées. Il continuait à donner de temps à autre une pichenette à sa chope de bière.

– Dans ce cas, je n'ai plus rien à faire ici, finit-il par déclarer. Je retourne dans le Sud. Manon, tu viens avec moi.

Je le regardai, incrédule.

– Pardon ?

– Elle ne va nulle part, confirma Alexandre. Et c'est quoi, cette histoire de Sud ?

– Fabrice ne t'a pas parlé de ça non plus ?

Je cherchai à me concentrer, à me rappeler les paroles de ce fameux jour.

– Je crois... commençai-je. Il a dit que vous... que vous n'étiez plus que neuf. Et que vous vous cachiez dans le sud de la France.

– Neuf, eh ? sourit Simon. Je reconnais bien là Fabrice. Oui, c'est là-bas que nous nous trouvons en ce moment. C'est donc là-bas que je vais t'emmener.

– Mais je ne veux pas...

– Tu n'as pas le choix. Tu fais partie de notre groupe, maintenant, de notre sang. Et c'est une question de vie ou de mort pour toi. Si personne ne t'apprend à te contrôler, le Noir t'envahira. Crois-moi, ce n'est pas une expérience agréable. (Il secoua la tête.) Pas agréable du tout.

– Que diront mes parents ? balbutiai-je.

– Bonne question, ricana Simon. Que diront-ils s'ils apprennent que tu es une Mage Noire ? Non, pas besoin de répondre à cette question.

– Si je disparais du jour au lendemain...

– Cela fait partie du prix à payer. Je sais, ce n'est pas facile et je comprends que tu en veuilles à Fabrice. Ce qui est fait est fait, et tu ne peux plus rester sur Paris. Surtout pas après le spectacle ridicule de ce soir. Personne ne t'a appris le sens du mot *discrétion* ? Tous les Mages de Paris doivent être sur les dents, et ça représente un paquet de monde. Dans les jours à venir, ils utiliseront tous les moyens en leur pouvoir pour remonter ta piste, et ils finiront par te coincer.

– Je croyais que c'était compliqué de...

– C'est compliqué quand on est discret ! Tu as invoqué des Ombres à dix mètres de Mages expérimentés, tu les as envoyées au casse-pipe sans précaution, tu as abandonné des traînées de Noir dans tous les sens ! J'ai effacé ce que j'ai pu, mais ce n'est qu'une question d'heures avant que quelqu'un ne fasse le lien avec toi.

Je baissai la tête, humiliée. Simon cherchait-il à me manipuler ? Il avait l'air brutalement honnête, pourtant j'avais du mal à me fier à qui que ce soit en ce moment.

D'un autre côté, je pouvais enfin parler du Noir avec une personne qui possédait le même pouvoir que moi. C'était exaltant.

– Si elle va dans le Sud, je l'accompagne, annonça soudain Alexandre.

Le regard froid de Simon le cloua sur place.

– Hors de question. Tu n'as aucun pouvoir. Le voyage serait dangereux. Je ne sais pas pourquoi Manon t'a laissé la mémoire – enfin si, je m'en doute – mais c'est une...

– Vous êtes tous pareils, cracha Alexandre. Mages Noirs, Mages des Couleurs. Tous aussi élitistes et bornés les uns que les autres. J'accompagne Manon, un point c'est tout. Et si tu essaies de me cramer le cerveau, attends-toi à une surprise.

– On parie, gamin ?

Les deux se défiaient du regard, le sourire aux lèvres.

Ce fut à ce moment que la douleur me saisit.

Ma dernière corde se tendit, poussa un râle d'agonie, puis lâcha dans un bruit sourd. Le Noir reflua en moi, emportant avec lui le cri de souffrance de Dorian. Dans l'émotion, je l'avais complètement délaissé. J'avais abandonné mon Ombre !

Simon tendit les mains et les posa de part et d'autre de ma tête. Son expression était sombre. Une vague d'apaisement me traversa ; pourtant, cela ne suffit pas. J'étais un monstre. Toutes mes Ombres avaient expiré.

– Pleure, murmura-t-il. Pleure, ça fait du bien. J'ai pleuré, moi, pour ma première Ombre. Elle s'appelait Tabitha. Ça lui allait bien. Elle avait de longs cheveux noirs et des yeux de saphir. Pleure. Pleure, je te dis.

J'aurais aimé me blottir contre Alexandre mais le regard de Simon m'empêchait de bouger. Petit à petit, mon chagrin reflua. Ma respiration se calma. Je me sentais toujours vide, mais rationnelle.

– Merci, balbutiai-je.

– Ne crois pas que je t'aie rendu les choses plus faciles. La souffrance reviendra. Tu devrais faire ton deuil en temps et en heure. (Il fronça les sourcils.) Étrange que cette Ombre ait disparu maintenant. Elle ne se trouvait pas sur le lieu du combat ?

– Non, je lui avais donné mon traceur. Elle faisait diversion. Ils savent désormais qu'il m'est arrivé quelque chose.

– Raison de plus pour aller dans le Sud, et vite.

– Et moi ? intervint Alexandre.

Simon le fixa longtemps. Il finit par hocher la tête.

– Très bien, tu viens. À tes risques et périls. L'un de vous a-t-il le vertige ?

– Le vertige ? demandâmes-nous à l'unisson.

– Nous passerons par la voie des airs. Même si elle est sûrement surveillée, ce sera plus rapide.

Je me raidis. Théoriquement, le Bleu permettait de voler. Mon père nous avait déjà montré comment utiliser le vent pour supporter le poids de notre corps. Il n'empêche, je ne me sentais pas rassurée à l'idée de flotter dans les airs, avec une Couleur pour toute protection.

Surtout, je n'étais pas prête à partir ainsi, à abandonner ma famille et ma vie derrière moi. Pas aussi soudainement, parce qu'un inconnu me le demandait.

Mes problèmes avec Jordan me semblaient ridicules. D'ailleurs...

– Alexandre, et tes amis ?

Il hésita et finit par hausser les épaules.

– Ils s'en sortiront. Ils s'en sortent toujours. Et j'ai pas envie de te lâcher maintenant. Même si... (Son sourire se crispa.) Y aurait pas moyen de retarder le départ de quelques jours ? J'ai un truc vraiment important ce mardi.

– Encore une fois, tu n'es pas obligé de venir. Pour être honnête, ça m'arrangerait, grommela Simon.

– Non, je demandais juste ça comme ça, je veux dire... (Il prit une grande inspiration.) Allez, c'est pas grave. Je suis prêt.

– Alexandre… soufflai-je.

– *Hey, I just met you, and this is crazy,* ricana-t-il. Chanson de merde.

Je lui rendis son sourire. Il prit ma main et la serra avec force.

– Où est-ce qu'on va exactement ? demandai-je.

Je pensais que Simon répondrait de manière évasive, mais il me dédia un franc sourire.

– Enfin décidée ? Nice, pour commencer. On attendra d'être contactés là-bas. La planque bouge en permanence, forcément. Des fois qu'un de nous se fasse kidnapper.

– Nice ? répéta Alexandre, rêveur. Paraît qu'il y a du soleil.

– Et la mer, ajouta Simon. C'est une belle région. J'ai appris à l'aimer.

Il posa un billet sur la table puis se leva pesamment. Encore sous le choc, je le suivis au-dehors. Alexandre me soutenait à moitié. Je ne parvenais pas à me décider. Partir dès ce soir ?

– C'est une putain d'aventure, me souffla Alexandre à l'oreille.

Je croisai son regard. Il souriait ! Il souriait et ses yeux brillaient d'une nouvelle ferveur. Comment pouvait-il avoir ainsi confiance en l'avenir ? Il abandonnait sa famille, ses amis, ses attaches. Il allait rejoindre un monde qu'il ne connaissait pas, avec ses propres règles, où ses muscles ne lui serviraient à rien. Et pourtant, il dévoilait ses dents blanches avec un plaisir sans mélange.

Je réalisai que je ne parviendrais jamais à le comprendre. Et je réalisai aussi que ça n'avait aucune importance, que c'était ainsi qu'il me plaisait.

Je levai les yeux vers le ciel. La pollution lumineuse nous cachait les étoiles. Pourtant, certaines devaient déjà briller à cette heure. Je respirai à pleins poumons. J'avais envie d'avoir confiance en moi, de me prendre en main.

Nice. Je me demandai combien de temps il me faudrait pour adopter l'accent du Sud.

– Très bien, admis-je. Allons-y. S'il faut que je maîtrise le Noir pour survivre, je n'ai pas le choix.

– Exactement. Bon, je rappelle mes Ombres et on y va.

– Vous avez des Ombres ? s'étonna Alexandre.

– Bien sûr. C'est le cas de tous les Mages Noirs. Ce sont elles qui m'ont assisté lorsque vous étiez poursuivis par ce Mage du Conseil. Tu ne pensais pas que j'aurais pu tout seul créer une rafale de vent, une bulle d'obscurité et bâillonner ta copine ?

Si j'avais été pleinement consciente à ce moment-là, je serais arrivée à la même conclusion.

Nous restâmes sous un réverbère vacillant pendant cinq minutes. Simon semblait nerveux. Il regarda sa montre une fois, deux fois.

– On a quelque chose à craindre ? demandai-je d'une petite voix.

– Normalement, non. Il n'empêche, j'aimerais vraiment me griller une clope, là.

– Ah, toi aussi ? observa Alexandre.

Il sortit un cure-dents de sa poche, le tourna dans ses mains comme s'il le découvrait pour la première fois, puis le cala au coin de ses lèvres. Il y avait longtemps que je ne l'avais pas vu se livrer à ce réflexe ridicule.

Il en tendit un à Simon, qui le dévisagea avec surprise avant de l'imiter.

Soudain, le Mage sursauta. Ses yeux se fermèrent, ses mains se levèrent et un bouclier d'eau chatoyant apparut autour de lui, juste à temps pour bloquer une vague de flammes si brûlante qu'elle me roussit la peau malgré la distance.

Sans le moindre souci de discrétion, un homme et une femme atterrirent devant nous, les bras tendus, l'expression concentrée.

– Nous avons trouvé les Mages Noirs, annonça la femme en appuyant sur le bouton de son boîtier. Extermination en cours.

ALEXANDRE

On est officiellement dans la merde. Manon m'a toujours dit que les Mages devaient rester discrets, mais ceux-là s'en moquent. La femme est nimbée de feu et des pavés se détachent du sol devant l'homme. J'ai l'impression de me trouver dans une scène des X-Men.

Et d'être le seul qui n'a pas de pouvoir.

– Alexandre, mets-toi derrière moi ! crie Manon en levant les mains.

Ça m'énerve de lui obéir, mais je n'ai pas le choix. Ce n'est pas le moment de jouer au macho. Je plonge derrière son dos alors qu'une avalanche de rochers menace de me lapider. Les cailloux rebondissent contre une barrière invisible puis restent en l'air, comme figés dans un combat titanesque. Manon a les bras tendus, l'expression déterminée. Je la trouve magnifique.

Simon agite les doigts et l'obscurité répond à la moindre de ses sollicitations. Des tentacules de nuit jaillissent des rues environnantes pour assaillir la femme.

La méfiance s'inscrit sur son visage, et elle louvoie entre les bras d'obscurité. D'un geste ample, elle projette une boule de feu dans notre direction. Le Noir disparaît et le bouclier d'eau habituel vient nous protéger.

Autour de nous, c'est le chaos. La plupart des passants ont le bon goût de fuir, je ne doute pas que certains soient en train d'appeler la police ou les médias. Un jeune homme en vêtements de marque a sorti avec gourmandise son iPhone 5 pour filmer la scène. Ça va se retrouver sur YouTube dans l'heure.

– Fuyez, les gamins, gronde Simon. Je les retiens.

Il ferme le poing, et les pavés qui flottaient dans l'air s'agrègent en un mur de pierre qui nous dissimule à la vue de tous. Deux secondes plus tard, le rempart explose. Je protège mon visage de mes mains alors que la poussière me fait tousser.

Une rafale de vent tourbillonne autour de nous. Je ne cherche plus à déterminer s'il s'agit d'une attaque ou d'une protection, ni qui en est responsable. Des poches d'ombre apparaissent au sol.

– Fuyez, répète Simon.

– On ne va pas te laisser… commence Manon.

– Si, on va le laisser, j'insiste en lui prenant le bras. Tu ne tiens pas debout.

Elle est pâle comme un linceul, les cheveux collés sur le visage. D'accord, c'est une fille courageuse mais il y a des limites. Et puis merde, on ne doit rien à ce mec.

– Lâche-moi, ordonne-t-elle.

– Des renforts arrivent, explique Simon en haletant. Partez ! Vous… ah !

Il s'interrompt et s'envole au moment où le sol s'ouvre sous ses pieds. Un peu plus et il était englouti. Un éclair jaillit du ciel pour le foudroyer – et disparaît avant de l'atteindre.

– Je peux l'aider… bredouille Manon.

– Tu l'as entendu, des renforts vont arriver. Fais-lui confiance, il a l'air puissant. On le gênerait.

– Toi oui, mais moi… aïe !

Elle crie parce que je l'ai tirée en arrière de toutes mes forces et qu'elle est tombée dans mes bras. Elle me foudroie du regard – si elle avait plus d'énergie, je passerais un sale quart d'heure.

Un homme en blouson de cuir vintage surgit pour s'adosser à Simon, et le visage du Mage se fend d'un sourire soulagé. Un Mage allié ? À moins qu'il ne s'agisse d'une de ses Ombres venue l'aider.

– Parfait, gronde Simon. Profitez de la diversion, les mômes !

Il étend les bras, et l'obscurité explose autour de nous. Je pousse un juron, perds l'équilibre. Manon roule au sol. Je tâtonne pour la retrouver, touche une épaule, un bras, un sein.

– Hé !

– Désolé. Je vois que dalle, là.

Elle se relève, me prend le bras.

– Alors suis-moi.

– Tu…

– Oui, je peux m'orienter. Viens.

Elle n'insiste plus pour rester. Sa main me guide Nous sommes discrets, mais nous avançons lentement. Elle finit par me pousser sur le côté.

– Suis le mur, souffle-t-elle.

Nous parcourons une dizaine de mètres. Derrière moi, les explosions secouent la rue. Des passants hurlent. J'entends au loin des sirènes de police. Je ne sais pas comment leur foutu Conseil des Mages réglera la situation – la capitale risque d'avoir une sacrée gueule de bois demain.

Derrière nous, l'homme crie. Puis la femme. Cela ressemble à des râles d'agonie.

– Simon a gagné !

L'air crépite et de nouvelles voix résonnent derrière nous. Les renforts viennent d'arriver.

– Ils sont complètement fous, je crie à l'oreille de Manon.

– Ils sont sur les dents, confirme-t-elle. Baisse la voix, nous sommes censés rester discrets.

C'est elle qui me dit ça, elle qui beuglait comme un putois tout à l'heure ? Vexé, je me tais et je me concentre sur le mur.

Nous finissons par émerger de l'obscurité. Je me sens poisseux ; j'ai envie d'une bonne douche, là, tout de suite.

Nous reprenons notre course. Manon suit mon rythme aisément. Je suppose qu'elle s'est plongée dans le Rouge. Moi qui pensais qu'elle n'avait plus la moindre énergie, elle ne cesse de me surprendre.

Les rues se succèdent sous le martèlement de nos pas. Au loin, les explosions s'intensifient. La plupart des passants regardent dans cette direction, perplexes. Une voiture de police nous croise à toute vitesse et je remonte instinctivement la capuche de mon sweat.

– Où va-t-on ? demande soudain Manon.

– On fuit, si tu n'as pas remarqué !

– Et ensuite ?

Ah, tiens, oui. Simon n'a pas eu le temps de nous expliquer où on pouvait le retrouver.

En même temps, j'ai un mauvais pressentiment. Le Mage Noir s'est peut-être débarrassé de ses deux adversaires, mais l'odeur d'ozone qui a suivi ne me dit rien qui vaille. D'autres Mages ont dû arriver.

– Il faut se préparer à l'idée qu'il perde le combat, je marmonne.

– Non, il parviendra à fuir, répond Manon avec une confiance absolue. S'il y a encore des explosions, c'est qu'il combat toujours.

Nous ralentissons enfin. Je n'ai plus de souffle ; ma main me brûle. Je m'adosse à une devanture et m'efforce de calmer ma respiration.

– Ça va ? Tu tiens le choc ?

C'est elle qui me demande ça ? Je me redresse en dissimulant ma fatigue derrière un sourire bravache.

– Ouais, et toi ? Tu dois être à bout. Il faut qu'on se cache et qu'on attende que ça se calme.

– Que *quoi* se calme ?

Je fais un geste vague en direction de la bataille.

– Ça. Ce truc. Que Simon fuie, quoi. De toute façon, les flics vont arriver, ça ne devrait pas durer très longtemps. Tes Mages ne vont pas se battre contre la terre entière.

– Je ne sais pas à quelles extrémités ils sont prêts à en venir pour vaincre un Mage Noir, murmure-t-elle, malheureuse.

Une pensée me frappe soudain.

– En fait, ce Simon nous a sauvés à double titre. Les Mages vont imaginer qu'il est la cause de tous ces phénomènes sur Paris. Ils n'iront peut-être pas chercher plus loin.

– Et s'ils le capturent ?

– Eh ben ils le captureront. En attendant, personne ne nous a identifiés, personne ne sait que nous étions chez les Abbott ou dans cette rue.

Elle s'arrête, le regard grave.

– Si.

– Si quoi ?

– Quelqu'un saura que nous sommes impliqués.

– Qu'est-ce que tu racontes ?

– Jordan. Il doit être furieux contre moi, il se doute que je lui veux du mal, que je n'ai pas l'intention de céder à son chantage... et en rentrant chez lui, il découvrira que quelqu'un s'est introduit dans sa chambre.

– Sans parler de son ordinateur saccagé, je marmonne.

– Est-ce que tu avais vraiment besoin de le détruire ? Et s'il nous dénonçait à ses parents ?

– Il n'osera pas. Il sait qu'on a trouvé son stock de sang.

– Alexandre, Jordan n'est pas rationnel. Il te hait. Désormais il doit me haïr aussi. Une simple photo ne suffira jamais. Il changera le frigo d'endroit, niera en bloc, et son père le soutiendra.

Elle n'a pas tort. Notre « preuve » ne tient pas, surtout après les événements de cette nuit.

– Il faut qu'on le retrouve, continue-t-elle. En une seule phrase, il peut tout gâcher. Je dois lui effacer la mémoire.

– Tu es nulle avec le Violet.

– Je ne te garantis pas l'état de son cerveau mais il nous oubliera, sois-en certain, gronde-t-elle.

Je n'ai pas envie de la contrarier quand elle a ce regard. Il n'empêche, tout ça me paraît compliqué.

– Je résume. On est paumés dans Paris, des Mages nous recherchent parce qu'ils imaginent que tu as été kidnappée et tu espères croiser Jordan ? Tu veux quoi, retourner chez lui ? Je ne suis pas sûr que ce soit une bonne idée.

– Non, je pensais à autre chose.

Elle sort son portable, l'observe avec une certaine mélancolie.

– Je vais simplement l'appeler.

– Tu es malade ? Je te rappelle qu'il t'en veut.

Mes protestations n'ont aucun effet. Elle plaque le téléphone à son oreille. Je me demande si je devrais le lui arracher des mains ; son regard m'en dissuade. Reste plus qu'à espérer que ce con de hipster ne décroche pas.

Raté.

– Allô, Jordan ? C'est Manon.

Je n'entends pas la réponse au bout du fil, mais elle doit être marrante.

– ... Oui... oui... Je sais... Il faut que je te parle... Oui... j'ai vu les poches de sang. J'ai compris et...

Elle me fait un clin d'œil et soudain sa voix s'emplit de trémolos.

– Tu avais raison. Je n'avais pas compris, mais tu avais raison. On est pareils, finalement. Je suppose que tu as réalisé pourquoi cette aura de menace m'entourait, moi aussi. Dis-moi tout de suite si ça te fait peur.

Je n'en reviens pas. Elle parvient à débiter ces conneries sans hésiter. Elle qui prétendait ne pas savoir mentir. Elle est en train de changer sous mes yeux. Si j'étais Jordan, je sais que j'hésiterais.

– Non, tu te doutes que je dois disparaître, soupire-t-elle. La situation est trop compliquée. Je vais quitter Paris. Je ne sais pas comment, mais...

– ...

– Ma décision est prise. Si je t'appelle, c'est uniquement parce que j'ai compris que tu étais un Vampire, et que tu sais que je suis une Mage Noire. Je vais être honnête avec toi, je n'ai pas du tout aimé tes méthodes. Je t'ai trouvé agressif, pervers et psychopathe. Et pourtant… et pourtant, nos auras nous rapprochent. Et pourtant, nous sommes les seuls à pouvoir nous comprendre. Surtout… surtout…

Sa voix se brise.

– J'ai peur, Jordan. Tout le monde me recherche. Si on me trouve, je suis perdue. Je ne sais pas quoi faire.

Je rêve. J'y croirais presque moi-même. Une vague de haine irrationnelle monte en moi. Si Jordan se pointait, là, maintenant, je lui sauterais dessus. Elle parvient à faire passer tellement de tendresse dans sa voix. Quelle manipulatrice !

Est-ce qu'elle me manipule, moi aussi ? Non, pas possible. Pas moi.

Merde, je ne sais plus quoi penser.

– Pas de piège, pas de guet-apens, continue Manon. De toute façon, pourquoi est-ce que je t'appellerais sinon ? J'ai déjà détruit ton ordinateur. Et… oui, je me moque d'Alexandre. Enfin, non, tu as dû comprendre que je l'aimais bien. C'est juste que… ce n'est pas un Mage, tu comprends. Je ne ferais que le mettre en danger. Toi, en tant que Vampire, est-ce que tu es aussi fort que dans les légendes ?

Bon, je vais me poser dans un coin et me bourrer la gueule, moi. J'ai beau savoir qu'elle improvise pour nous sauver la vie, ça picote tout de même.

Lorsqu'elle raccroche, son regard vacille. C'est à ce moment que je réalise combien ça a dû lui coûter, à elle aussi. Ma colère disparaît. Je m'approche, écarte une mèche de ses yeux.

C'est une fille exceptionnelle.

– Il va venir, murmure-t-elle. Alexandre, il avait l'air si content. Je pensais qu'il aurait peur de moi, mais il est convaincu que cela nous rapproche. Je me sens sale. Tellement sale.

Au loin, le combat est terminé. Je ne sais pas si Simon a réussi à s'enfuir ou s'il a été capturé. J'entends toujours le bruit du tonnerre.

Une goutte s'écrase sur ma main, puis une seconde.

Avec un sens du timing impeccable, la pluie s'abat sur Paris.

Je prends Manon dans mes bras et nous restons enlacés, les yeux vers le ciel, sous le déluge.

MANON

Il ne me restait plus qu'à attendre. Attendre, et trahir encore.

La pluie cascadait dans mes cheveux, trempait mes vêtements, mouillait ma nuque sans que j'y prête la moindre attention. La nuit engloutissait Paris, moins dense qu'une utilisation du Noir et pourtant inexorable. Je me sentais en paix dans cet univers, comme si l'obscurité dissimulait mes fautes.

– Tu devrais libérer tes cheveux, observa Alexandre, un demi-sourire aux lèvres. Sérieux, ça t'irait mieux.

Il tentait de me remonter le moral avec ses piques et ses plaisanteries. Je l'aimais pour ça.

J'ôtai mon élastique et le glissai dans ma poche. Mes cheveux tombèrent sur mes épaules, emmêlés, frisottés, gonflés par la pluie.

– Comme ça ?

– Ouais, ça change tout.

– Embrasse-moi pour voir ?

Il hésita un instant, se mordit la lèvre puis me serra plus fort dans ses bras.

Je me laissai aller contre lui. Quelques secondes, pas plus. Le temps de me rappeler que je n'étais qu'une fille de quinze ans, une fille de seconde, une première de la classe qui se trouvait propulsée dans des ennuis qu'elle ne savait gérer.

Son étreinte était brûlante, son baiser encore plus, et sa respiration s'accéléra contre la mienne. J'eus besoin de toute ma volonté pour le repousser.

– Désolée, il faut que tu files.

Il me regarda, cala une mèche de cheveux derrière mon oreille, puis hocha gravement la tête. Il ne ressemblait plus à un adolescent rebelle, mais à un adulte.

– Ouais. De l'endroit où je serai, j'observerai toute la scène. Je te préviens, si ça tourne mal j'interviens.

– Laisse-moi juste un peu de temps avec lui, et surtout sois prudent. Il a des sens très aiguisés, ne te fais pas remarquer.

– *Sois prudent* ? C'est moi qui devrais te dire ça.

– Alors il faudrait dire *prudente*.

– Tu me saoules avec tes cours d'orthographe.

Il me rabrouait en souriant, et je me retins de le corriger ; ce n'était pas de l'orthographe, mais de la grammaire.

Il se pencha, m'embrassa de nouveau, un léger baiser, avant de se réfugier derrière une porte cochère que j'avais entrouverte avec une utilisation ciblée du Jaune. Il verrait sans être vu, du moins l'espérais-je.

Et je restai seule, gênée par mes cheveux dénoués qui me donnaient l'impression d'avoir un paquet d'algues sur la tête pendant que la pluie redoublait et que les éclairs striaient le ciel.

Jordan tiendrait-il parole ? Je prenais un risque insensé en lui donnant ma localisation. S'il n'était pas aussi fou que je le croyais, aussi stupidement attiré par moi et ma prétendue *aura*, il se confierait à son père. Ou au mien. Ou à n'importe quel autre Mage.

Je repensai à ma rencontre avec un membre de la Police des Mages. Il n'avait montré aucune compassion. Pour quelques vols à l'étalage, Lucas se retrouverait bientôt devant un tribunal et risquait la prison. Je n'osai imaginer quel destin m'était réservé si on mettait la main sur moi.

Jordan viendrait. Ne serait-ce que pour s'assurer que son propre secret était en sécurité.

Et puis, à sa façon perverse, ridicule et stupide, il tenait à moi. Je me rappelai le mur du lycée, les mots qu'il avait gravés dans la pierre, les fleurs qu'il avait fait pousser du néant, le baiser que nous avions échangé sur la piste de danse.

Je regardai nerveusement ma montre. L'heure tournait, et il n'arrivait toujours pas. Vu l'état d'alerte dans lequel se trouvait la capitale, peut-être n'avait-il pas pu sortir ? Ce serait compréhensible. Dans ce cas, combien de temps devais-je attendre ?

J'avais ôté la batterie de mon portable sur les conseils d'Alexandre. Ainsi, mes parents ne pourraient pas me retrouver. Il n'empêche, si Jordan avait eu un contretemps, il ne pouvait me prévenir.

– *Darling...*

Malgré la pluie, le murmure emporté par le vent était parfaitement audible. Je me retournai, éperdue. Personne.

– *Darling...*

La rue était déserte. Je me forçai à ne pas regarder vers la cachette d'Alexandre. Je repoussai mes cheveux trempés, me maudissant d'avoir enlevé l'élastique. Ils retombaient sur mon nez et sur mes yeux.

– *Darling...*

Jordan se matérialisa à côté de moi. S'était-il déplacé à une vitesse surhumaine ou avait-il utilisé une illusion ?

Lui non plus ne s'était pas protégé de la pluie, et les gouttes avaient plaqué sa coiffure de dandy sur son crâne. Ses lunettes étaient embuées ; il les ôta pour les mettre dans sa poche.

– Tu n'en as pas besoin ? remarquai-je d'un ton léger.

– J'ai une vue parfaite en permanence grâce au Rouge, répondit-il sur le même ton. Je trouve juste qu'elles me donnent un air plus sexy.

Il n'avait pas tort. Au début, il m'avait paru très beau, très stylé. Aujourd'hui...

– Merci d'être venu.

– Merci de m'avoir appelé.

Il plongea son regard dans le mien. Son sourire dévoilait des dents qu'il ne cherchait plus à cacher, longues et effilées.

– Ça fait longtemps que tu es un… commençai-je.

– Et toi ?

– Toi d'abord, j'ai demandé la première.

Il éclata de rire. S'il m'en voulait de l'avoir attiré dans une embuscade à Montparnasse, il le cachait bien. Il se passa les mains dans les cheveux et les ramena trempées.

– Tu ne voudrais pas t'abriter de la pluie ?

– Non, j'aime bien, ça me repose.

Il rit de nouveau.

– Ah, Manon, Manon, Manon. Tu es une fille exceptionnelle.

Il ferma les yeux une seconde, les rouvrit, et une bulle d'air se forma autour de lui pour bloquer l'eau. Il frissonna, se frotta les paumes l'une contre l'autre.

– Tu es sûre que tu ne veux pas venir sous mon parapluie ? *Well, your loss*. Et tu voulais savoir depuis quand je suis… ce que je suis.

Son sourire s'effaça.

– Quand j'étais jeune, j'étais un peu gros. Les autres enfants se moquaient de moi. Ils me traitaient de baleine, d'éléphant. Ça, c'était au début. Après… après, il y a eu les coups.

Je me souvenais vaguement de ma première rencontre avec Jordan, cinq ans plus tôt, une petite boule de chair, avec des yeux curieux enfouis au milieu d'un visage poupin.

– Les coups ? demandai-je, la voix pleine de fausse compassion.

– Les enfants sont durs, parfois. Ils me harcelaient, me… torturaient à l'école. Ils trouvaient drôle de montrer mon ventre à tout le monde, de baisser mon pantalon ou de m'enfermer dans les toilettes. Tous des *bullies*, comme cet Alexandre que tu aimes tant.

J'aurais voulu défendre Alexandre, mais les mots ne venaient pas. Je me souvenais du témoignage de Sébastien, un élève qu'il avait racketté. Avec moi, Alexandre se révélait protecteur, compréhensif, parfois tendre. Avec les autres…

– Je suis désolée, murmurai-je. Ça a dû être horrible.

– Tu ne peux pas imaginer. Aux États-Unis aussi, nous respectons les lois sur la magie. Je n'avais pas le droit de m'en servir pour me défendre. D'un geste, j'aurais pu réduire mes ennemis en cendres, mais ça aurait été un crime. Alors je ne faisais rien et je cachais mes blessures quand je rentrais à la maison. Je me guérissais sans rien dire, seul dans ma chambre, parce que j'avais mal et que je ne voulais pas qu'on s'en rende compte.

– Si tes parents avaient vu ton état, ils t'auraient peut-être protégé.

– Peut-être… ou ils auraient eu honte de moi. Je ne sais pas. Je ne saurai jamais. C'est trop tard de toute façon. À force de me guérir, j'ai développé une affinité pour le Rouge. Cette Couleur me protégeait, m'aidait. Grâce à elle, je pouvais entendre les bruits de pas de mes futurs agresseurs et filer avant qu'ils ne me trouvent. Lorsqu'ils me prenaient en chasse, je pouvais fuir jusqu'à ce qu'ils se lassent. Et puis…

Il hésita. Il semblait si vulnérable, tout à coup, que je fus prise d'une envie subite de le serrer contre moi. Je dus me rappeler ses méfaits, sa cruauté, la manière dont il avait voulu me contrôler pour me retenir.

– Je comprends, dis-je pour l'encourager à poursuivre.

Il m'écoutait à peine, les yeux dans le vague, perdu dans ses souvenirs.

– Et puis c'est devenu de plus en plus facile. Je me sentais plus fort, plus en confiance. J'avais beau être épuisé dès que je lâchais le Rouge, une bonne nuit de sommeil suffisait à me remettre d'aplomb. J'ai modifié mon alimentation. Je mangeais beaucoup de sucreries, de gâteaux. Désormais, je dévorais de la viande dès que je le pouvais. De la viande rouge.

Il se passa la langue sur les lèvres.

– J'ai fini par grandir. J'ai gagné quarante centimètres. Pourtant, les brutes étaient toujours là. Les insultes ont juste évolué. Avant, on me traitait de *piggy*. Après, de *loser*. Qu'est-ce que ça change ? Rien. Un jour, j'ai voulu me tuer. Disparaître, tout simplement. Je me suis jeté du troisième étage de l'école.

– Hein ?

– Tu ne me crois pas ? Parfois, la vie, elle est trop dure à supporter. Je pensais que ce serait une solution parfaite. Me tuer au collège... il y aurait une enquête, on trouverait les *bullies*, peut-être qu'ils auraient des regrets. Well, je n'y comptais pas trop.

– Tu n'es pas mort, constatai-je.

– Eh non. C'est dur de mourir, pour un Mage plongé dans le Rouge depuis des années. Lorsque je suis tombé, mon corps a amorti la chute de son mieux, puis a commencé à se soigner. J'avais saisi le Rouge sans m'en rendre compte. Et lorsqu'un élève m'a découvert, inanimé dans la cour, et qu'il s'est approché...

J'avais oublié depuis longtemps la pluie qui me dégoulinait dans le cou, pourtant je frissonnais. J'aurais dû profiter de ses confessions pour le frapper avec le Violet, le prendre par surprise. Je savais qu'Alexandre attendait et devait se demander de quoi nous parlions.

Pourtant je voulais connaître la suite. Je voulais comprendre. Je n'avais jamais vu Jordan aussi sincère.

– Que s'est-il passé ?

– Il m'a secoué. Doucement, d'abord. Puis un peu plus fort, quand il s'est rendu compte que je ne réagissais pas. Et moi, j'étais déjà guéri. Par contre, j'avais soif. Très soif.

Il eut un sourire triste.

– Je lui ai sauté à la gorge. Lorsque j'ai repris mes esprits, je buvais son sang et il ne bougeait plus. J'ai cru que je l'avais tué. J'ai eu la chance de m'arrêter à temps. Je l'ai traîné dans un coin. C'était facile, je me sentais si fort après coup. Il était pâle, en état de choc. J'ai effacé sa mémoire et je l'ai laissé là. Il n'y avait aucun témoin. On regarde beaucoup de séries policières aux États-Unis, alors j'ai frotté son corps pour enlever mes empreintes. Personne ne m'a jamais soupçonné.

– Tu sais, on a *Les Experts* et *NCIS* ici aussi, observai-je avant de m'ébrouer. Désolée. Donc tu es rentré chez toi ? Et tu en as parlé à tes parents ?

– Non, pas tout de suite. J'avais peur de ce qui m'arrivait. On m'avait toujours dit que les Vampires étaient des monstres qu'il fallait abattre à vue. Je ne voulais pas mourir. Je ne voulais pas décevoir ma famille.

– Je te comprends.

À ce moment précis, je le comprenais *vraiment*. Je ressentais un véritable élan de sympathie pour ce garçon perdu qui n'avait cessé de prendre les mauvaises décisions. Combien de destins les brutes comme Alexandre avaient-elles affectés, parce que ça les amusait de brimer ou de racketter les autres ?

Oui, je comprenais Jordan. Moi aussi, mon secret me pesait. Moi aussi, je risquais de décevoir ma famille. Et moi aussi, je m'enfonçais dans une spirale sans fin. Je ne savais pas où j'allais – pourtant je m'y rendais en courant.

– C'est vrai ? demanda Jordan d'une voix douce. Oui, je te crois. Maintenant que je sais que tu es une Mage Noire, je te crois. Tu as dû passer par des périodes difficiles.

Je le regardai droit dans les yeux, soudain hésitante. Voulais-je vraiment effacer sa mémoire ? Il était comme moi un paria. Sa famille le soutenait peut-être aujourd'hui mais il restait en marge. Peut-être pourrions-nous trouver un accord ?

– Je t'ai dit que je pensais fuir Paris, repris-je doucement.

– Bonne idée. Ça chauffe, en ce moment. Je n'ai jamais vu mes parents aussi énervés. Ce n'était pas facile de te rejoindre ce soir.

J'hésitai. L'attaquer ? M'en faire un ami ? Si je lui avouais qu'Alexandre m'accompagnait, comment réagirait-il ?

Jordan était un monstre, cruel, brutal, froid et cynique. Il pouvait également se montrer touchant, charmant. Je me demandai si j'allais finir comme lui et cela m'effrayait. Si je ne lui donnais aucune chance de rédemption, qui m'en offrirait une ?

– Jordan, murmurai-je.

Il avança la main et repoussa une mèche de cheveux de mon front, tendrement. Exactement le même geste que celui d'Alexandre, quelques minutes plus tôt.

– Tu me saoules avec tes cours d'orthographe, imita-t-il.

Je me figeai.

– Tu pensais que j'allais tomber dans le panneau ? Je n'habite pas loin, je te signale. J'ai mis moins d'une minute à venir ici. Je vous ai observés. Écoutés. C'était instructif.

Il souriait.

– Aujourd'hui, je suis au sommet de la chaîne alimentaire. Aujourd'hui, je suis presque un dieu. Pourtant, les gens continuent à se moquer de moi. C'est pénible.

Il souriait toujours.

– Je pensais que tu me comprendrais, Manon. Sincèrement. J'ai cru en toi jusqu'au dernier moment. Mais je refuse qu'on me manipule. Je ne suis plus un enfant gros et timide.

Il souriait encore.

Puis il me sauta à la gorge.

ALEXANDRE

Qu'est-ce qu'elle fout, sérieux ? Cinq minutes qu'ils discutent sous la pluie. Ce n'était pas prévu, ça. Elle devait débiter quelques banalités, l'amadouer, puis le frapper par surprise avec toute sa magie. J'aurais bondi de ma cachette pour lui venir en aide. À deux contre un, grâce à ses pouvoirs et à mes muscles, Jordan n'avait aucune chance.

Simple, mais efficace.

Ce mec l'a fait chanter, l'a humiliée, a essayé de l'embrasser contre son gré. C'est aussi un buveur de sang. Comment tenir une conversation normale avec un tel psychopathe ? À cette distance, avec la pluie, je n'arrive pas à voir l'expression de leurs visages.

Deux fois déjà, j'ai failli intervenir. Une main trop proche, une attitude menaçante. Mais Manon m'a prévenu : il a des sens aiguisés. Si j'agis trop vite, il risque de fuir.

Alors je prends mon mal en patience et j'essaie de ne pas trembler de froid.

La pluie a trempé ma veste, mon jean, mon sweat. Hors de question que j'éternue.

Je cligne des yeux.

Il a bondi sur elle.

Je jaillis de ma cachette. Mes pieds dérapent sur les pavés glissants et je manque m'effondrer avant de recouvrer mon équilibre.

– Manon ! je hurle, parce qu'il faut bien avoir un cri de guerre dans la vie.

J'arrive trop tard ; sans me jeter un regard, Jordan la frappe au ventre. J'ai le temps d'apercevoir la surprise, puis la douleur sur le visage baigné de pluie de Manon. Elle vole en arrière, heurte le mur puis retombe en position fœtale. Il pose sa main sur son épaule et reste ainsi, les yeux fermés.

Ce psychopathe vient de cogner une fille.

La fille qu'il est censé aimer.

La fille à laquelle je tiens.

La rage monte en moi. Je ne suis pas un mec agressif normalement. Je peux me montrer violent, mais je contrôle mes émotions. Fred m'appelle le robot quand il est de mauvaise humeur.

Là, le contrôle s'est envolé, remplacé par la haine à l'état pur. Manon ! Ce con a tapé Manon !

J'arrive à sa hauteur et je le frappe de toutes mes forces dans une combinaison dévastatrice.

Jordan me bloque d'une main.

D'une main.

D'une main !

– Hello, Alexandre, chantonne-t-il d'une voix traînante.

Il profite de ma surprise pour reculer d'un pas. Il passe ses doigts dans ses cheveux trempés, se refait un semblant de coiffure. Je jaillis de nouveau. Un crochet du droit qui…

Il n'est plus là.

Il a bougé tellement vite que je n'ai pas vu son mouvement. Je rentre la tête dans les épaules. Il se trouve à ma gauche !

J'ai l'impression qu'une enclume me frappe les côtes. Je pousse un juron, recule d'un pas.

– *Well well*, ça ne va pas ? compatit Jordan.

Je remarque tout à coup qu'il ne porte plus de lunettes. Ses yeux brillent d'une intense lueur rouge. Son sourire dévoile des canines taillées en pointe. Je comprends mieux la légende des Vampires désormais.

Putain, j'ai mal !

– Tu es plus rapide qu'avant, je halète.

– Tu es plus lent qu'avant, répond-il en haussant les épaules.

J'aimerais effacer son sourire prétentieux, mais j'ai du mal à respirer. Je profite qu'il ne m'attaque pas pour récupérer.

– La dernière fois, tu ne te battais pas à fond ?

– La dernière fois, je voulais que tu sois exclu du lycée. Pourquoi n'as-tu pas accepté ton renvoi ? Nous n'en serions pas là aujourd'hui.

Il désigne Manon, étendue sur le sol. Elle ne bouge pas. Elle doit être plus touchée que je le pensais.

– Cette fille, tu l'aimes ? demande-t-il.

J'éclate de rire.

Puis je redeviens sérieux. Car cette question, je l'ai entendue il y a quelques jours. De la part de Sandra – non, de l'Ombre qui se faisait passer pour Sandra.

J'avais déjà ri à l'époque.

J'étais déjà redevenu sérieux à l'époque.

C'est quand même une question de merde. Comment peut-on savoir si on aime quelqu'un ? C'est quoi, l'amour ? Un sentiment ? Une odeur ? Être bien avec une personne ? Rechercher sa présence ? Vouloir la protéger ?

Mes parents s'aimaient quand ils étaient jeunes, je crois. Plus maintenant.

– Je ne sais pas, je marmonne.

La même réponse qu'à Sandra.

Jordan me contemple avec commisération.

– Voilà pourquoi tu es un faible, Alexandre. Dans la vie, il ne faut jamais douter. Nous sommes qui nous sommes.

– Et tu es un Vampire !

– Oui.

De nouveau, je ne le vois pas bouger. Il était devant moi, je le regardais droit dans les yeux – et un éclair de souffrance remonte dans mon épaule. Mon instinct m'a poussé à me protéger le visage à temps. Alors c'est mon bras qui a trinqué.

Je n'ai pas l'habitude d'être impuissant. C'est donc ça, la magie Rouge ? Jusqu'ici, je me suis surtout battu contre des Ombres. Un peu tard, je me rappelle la remarque de Manon : une Ombre est bien moins forte qu'un Mage accompli.

– Bravo pour avoir paré le coup, observe Jordan de sa voix traînante. Tu arrives encore à bouger ton bras ?

– Tu me prends pour qui ?

Il sourit.

– Je ne t'aime pas, Alexandre. Tu es une brute. Tu as profité de ta force pour agresser des élèves, les racketter. Qu'est-ce que ça te fait d'être devenue une victime ?

– Je suis toujours debout.

À peine ai-je prononcé ces mots que Jordan me fauche les jambes. Cette fois-ci, mon entraînement de boxe ne sert à rien. C'est de la pure baston. Même si j'amortis une partie du choc en levant le pied je me retrouve au sol. Jordan s'assoit sur moi et m'empêche de bouger.

– Plus maintenant, observe-t-il. Je vais prendre plaisir à te détruire, petit à petit, morceau par morceau.

Les menaces ne me touchent pas d'habitude. Je me suis déjà retrouvé du mauvais côté d'un couteau. Pourtant, je n'arrive pas à détourner le regard de ses yeux pourpres.

– Avec l'Orange, j'aurais pu te carboniser. Avec le Jaune, te pétrifier. J'aurais pu t'étouffer ou te noyer. Mais tu sais ce qui est bien avec le Rouge ?

Il se penche vers moi, son souffle haineux contre ma nuque :

– C'est personnel.

Le coin est désert. Avec l'orage, ce n'est pas une soirée à se promener dans les rues. Personne ne viendra m'aider. Je bande mes muscles pour repousser Jordan, sans succès.

– T'es vraiment un psychopathe.

– Je prendrai plaisir à te saigner, Alexandre. Goutte par goutte. Tu es en parfaite santé, tu seras un mets de choix.

Il éclate de rire, et j'entends distinctement la note de folie dans sa voix.

– Je plaisante, bien sûr. Tous les sangs ont le même goût. Salé, métallique. Écœurant.

Il tend un doigt à l'ongle pointu et trace un sillon pourpre sur ma joue.

– Laisse-moi deviner. Tu t'es senti en forme, ces derniers jours, hein ? Particulièrement reposé, vif, rapide ?

Malgré ma situation désespérée, je ne peux m'empêcher d'acquiescer. Oui, j'ai eu cette impression. Comme pendant le combat contre Sam. Ou même face à un sac de frappe.

– C'est grâce à Manon, explique tranquillement Jordan. Elle est nulle avec le Violet, mais elle est douée pour le Rouge. Je l'ai senti tout de suite. Elle t'a guéri plusieurs fois. À force d'utiliser ses pouvoirs, elle a renforcé ton corps, tes muscles, ta vitesse. Ce n'est que temporaire, bien sûr. Et pourtant…

Je ne prends pas le temps de l'écouter. Je me débats sans réussir à me libérer. Lorsque je parviens à lui asséner un coup de genou, il cille à peine.

– Le Rouge m'emplit en permanence, Alexandre. C'est une sensation exaltante. Tu es doué, tu sais, tu aurais tes chances contre un Mage normal. Pas contre un Vampire.

Il dessine un nouveau trait de sang sur mon visage puis s'humecte les lèvres.

– Et Manon, je crache, qu'est-ce que tu lui as fait ? Elle ne bouge toujours pas.

– Elle m'a beaucoup déçu, mais elle changera d'avis. Un jour.

– Tu l'as assommée !

– Je l'ai endormie, nuance. Sinon, elle se serait relevée depuis longtemps. Je tiens à lui épargner le spectacle de ta mort, elle m'en sera reconnaissante.

Il se penche vers mon cou. Je devrais avoir peur, je ne ressens qu'un frisson de dégoût en imaginant ses canines se planter dans ma jugulaire.

– *Bon appétit*, prononce-t-il avec l'accent anglais.

Et Manon se relève.

Deus ex machina.

Sauf qu'elle dort encore.

Après les Vampires, les zombies. Tout est normal.

Elle a les yeux fermés, la respiration calme, les bras ballants. Le vent lui fouette le visage et agite ses cheveux comme les serpents de Méduse. La pluie trace des larmes sur son visage paisible.

Oui, paisible.

C'est ça, le plus inquiétant.

Jordan la regarde, incrédule. La lueur rouge vacille dans ses yeux. J'aimerais profiter de la situation mais il me tient toujours dans sa poigne d'acier.

– *Darling ?* Tout va bien ?

Qu'est-ce que c'est que cette phrase de merde ? Bien sûr que non, ça ne va pas. Elle ressemble à un fantôme, un revenant, un extraterrestre.

La nuit s'épaissit autour de nous. La lumière des réverbères diminue. Ça n'a rien à voir avec la chape d'obscurité que les Mages Noirs parviennent à invoquer. C'est plus progressif, plus inquiétant. Comme si la vie était aspirée de ce monde.

Le vent retombe. La pluie diminue. Les ténèbres s'épaississent.

Il fait froid.

Très froid.

Je frissonne dans mes vêtements trempés.

Tout à coup, je suis libre. Jordan s'est redressé avec sa rapidité habituelle. Sa silhouette ondule, à peine visible.

– Manon ? souffle-t-il. Je n'ai pas envie de te faire du mal.

Pas de réponse. J'essaie de me lever, mais mes forces m'abandonnent. Est-ce à cause de Jordan ou de cette obscurité maléfique ? Je roule sur le côté et parviens à mettre un genou à terre. Je reste immobile, la respiration sifflante, incapable de me redresser.

– Manon ? répète Jordan. Je sais que tu es là.

Sa voix me paraît distante, comme si les sons eux-mêmes mouraient. De nouveau, je tente de me mettre debout. De nouveau, mon corps refuse d'obéir.

Sombre.
Noir.
Obscur.
Nuit.
Ténèbres.
Néant.

OK, je suis officiellement terrorisé. Je ne vois plus rien, *quelque chose* aspire mon énergie, mes oreilles bourdonnent, mes forces m'abandonnent et une voix sépulcrale résonne dans mon crâne.

– Désolé, Manon, mais tu m'y forces.

Les mots de Jordan, à peine audibles. Juste à côté de moi.

Je ne sais pas comment je trouve la volonté de bander mes muscles. Je lâche un direct du droit dans sa direction et heurte sa jambe avec un bruit mat.

Il crie. Un cri de stupeur, plongé dans du coton.

Je ne peux plus bouger. Pourtant, il faut que je fuie.

Non.

Je ne fuirai pas.

Je dois aider Manon.

Mes doigts griffent le sol. Les pavés ont disparu, remplacés par une herbe étrange qui se désagrège dans mes mains. Qu'est-ce qui se passe, bordel ? Je n'entends plus Jordan ni Manon ni même ma propre respiration.

Est-ce que je suis mort ?

Je prends mon pouls d'une main tremblante. Il est irrégulier, mais toujours là. Je suis encore en vie.

Je crois.

Je ne sais pas.

Je ne sais plus.

MANON

La lande s'étendait autour de moi, aussi familière qu'inquiétante. Je ne me rappelais pas avoir saisi le Spectre ni plongé dans le Noir.

Lorsque je tentai de manipuler la Couleur, elle se déroba à ma volonté.

Je luttai pour garder mon calme.

De nouveau, je cherchai le Noir.

De nouveau, il m'échappa.

C'était insensé. Je me trouvais au sein du Spectre, environnée de Noir. Je n'aurais pas dû lutter pour m'en imprégner.

Je me souvins d'une métaphore que j'avais utilisée lors d'une conversation avec Alexandre. Atteindre une Couleur revenait à plonger dans une piscine. Elle nous entourait, nous caressait, et la moindre inspiration emplissait nos poumons de sa magie, de son essence.

Aujourd'hui ma concentration ne donnait aucun résultat.

Je levai le bras. Des étincelles couraient le long de mes doigts pour mourir sur mes ongles. L'obscurité se fendit devant mes mouvements pour se reformer aussitôt.

Avec angoisse, je me concentrai pour réintégrer mon corps. D'un battement de cils, je tentai de revenir à la réalité.

Ma perception ne changea pas.

– Ce n'est pas drôle ! criai-je, sans savoir à qui je m'adressais.

Seul le silence me répondit, plus assourdissant encore après mon éclat.

Je me trouvais toujours dans cette plaine battue par un vent muet sous un ciel de plomb. Seule. Impuissante. Abandonnée.

Luttant pour ne pas m'effondrer, je croisai les bras dans une attitude de défi et pris mon mal en patience.

Combien de temps restai-je ainsi ? Je n'aurais su le dire. Le temps n'avait aucun sens ici.

J'observai les alentours. Partout la même herbe, le même vent, le même silence. Impossible de savoir où se trouvait le nord, ni s'il y en avait un dans cet univers. Pas d'oiseau, pas de vie, pas de soleil.

Je me mis en marche ; l'herbe se désagrégea sous mes pieds et je perdis l'équilibre avec un cri de terreur.

– Tu ferais mieux de ne pas bouger, suggéra une voix inconnue.

Je me relevai, tremblante.

– Qui êtes-vous ? demandai-je à la cantonade.

Aucune réponse.

– Qui êtes-vous ? répétai-je plus fort.

Rien.

Je restai immobile quelques instants puis, malgré les avertissements, j'avançai à nouveau.

Cette fois-ci, l'herbe me lacéra la jambe et je poussai un hurlement. Une trace sombre apparut sur ma peau, aussi brûlante qu'une piqûre d'ortie. Je voulus me plonger dans le Rouge pour atténuer la douleur, mais la Couleur m'était inaccessible.

– Ne bouge pas, insista la voix, plus agressive.

Je ne répondis pas. Je massai lentement ma jambe puis repris ma progression

L'herbe se changea en marécage, je m'enfonçai dans un puits de ténèbres. Je battis des pieds, sans résultat. Une obscurité saumâtre se refermait sur moi, et je sus avec une certitude terrifiante que j'allais me noyer.

Puis tout disparut, et je me retrouvai au milieu de la lande déserte.

– Ne bouge pas, répéta la voix.

– Laisse-moi passer, ordonnai-je.

– Ne bouge pas.

– Je ne sais pas ce que tu es, une manifestation du Noir, le Noir lui-même, une créature invoquée par le Noir, mais tu ne me feras pas de mal, grondai-je. Tu ne peux vivre sans moi. Alors écarte-toi, et laisse-moi passer.

– Ne bouge pas.

J'ignorai l'avertissement. Quelle que fût cette magie, elle ne me tuerait pas.

Le Noir était ma Couleur.

J'avançai et le décor bascula. Pour se fondre en une scène familière. Une scène que j'avais déjà vécue.

Dans mes rêves.

– Quelqu'un va mourir, observa la voix.

Je me trouvais sur une plaine en cendres. L'herbe était noire sous mes pieds, morte depuis des années. La prairie se confondait avec l'obscurité du ciel. J'avais du mal à respirer.

– Salut, Manon !

Cette voix, avec cet accent inimitable, ne pouvait appartenir qu'à Jordan. Son sourire me réchauffa le cœur.

– Salut, Manon !

Alexandre se tenait à l'opposé. Il se contentait de me fixer, bras croisés, avec cette expression blasée qui me rendait folle.

En termes de symbolisme, on pouvait difficilement faire plus évident.

J'avançai d'un pas ; l'herbe s'effrita sous mon pied. Une poussière noire s'éleva, se transforma en tourbillon qui menaçait de tout emporter. Alexandre et Jordan commencèrent à disparaître. Je sus, avec cette certitude propre aux rêves, que je ne pouvais en sauver qu'un.

Ils restaient impassibles alors que les cendres leur fouettaient le visage. Je voulus me plonger dans le Spectre, mais toute magie m'était interdite.

Avec un cri de désespoir, je courus vers Alexandre.

– C'est bien ce que je pensais, ricana une voix venue de nulle part.

– Salut, Manon, sourit Jordan en disparaissant.

– Salut, Manon, souffla Alexandre en partant en fumée.

ALEXANDRE

De la lumière.

Là, sur la droite.

C'est tellement inespéré que je retrouve assez de forces pour basculer sur le dos.

Un lampadaire apparaît progressivement et la nuit recule. Je distingue les contours d'immeubles, de voitures, les enseignes de magasins de luxe. Un couple enlacé pénètre dans la ruelle, me jette un coup d'œil puis bat précipitamment en retraite.

Le sang circule de nouveau dans mon corps. Les bruits de la circulation reprennent au loin. La pluie recommence à tomber et le vent à souffler.

Je me hisse sur un coude.

Manon est effondrée sur le côté. Je rampe jusqu'à elle et pose ma main sur son épaule.

Elle dort. Ses longs cheveux dénoués enveloppent son visage tel un suaire. Elle est pâle sous la pâle lueur, pâle et pâlissante, comme une princesse qui s'est piqué le doigt sur un fuseau maudit. Voilà pourquoi je ne ferai jamais de couture.

Lorsque je la secoue, elle ne réagit pas. Pourtant, son pouls semble normal. À cause de sa magie, elle a tendance à s'effondrer à n'importe quel moment, cette fille.

Ce qui me fait penser…

Jordan ? Où est Jordan ?

Je me relève sans la moindre considération pour mes blessures et mes courbatures. Mon regard fouille fiévreusement les ombres de la rue. Cet enfoiré est plus dangereux que je l'imaginais. S'il me saute dessus par surprise…

Lorsque je l'aperçois, une inquiétude d'un autre ordre m'envahit.

Il gît sur le dos au milieu de la chaussée. Ses yeux grand ouverts contemplent le ciel sans ciller. Une expression d'horreur déforme son visage et sa bouche ouverte laisse entrevoir ses canines proéminentes.

Je m'approche prudemment de lui. Je regarde autour de moi ; personne. C'est fou ce que Paris peut être désert, parfois. Il faut dire que les Mages ont provoqué assez de remous dans le quartier pour que les passants se méfient. Ils doivent tous être devant la télé, incrédules.

Moi, je vois ça en direct.

Je pousse Jordan du bout de ma chaussure. Il ne réagit pas.

Je donne un coup un peu plus violent. Il roule sur le côté. Ses yeux n'ont toujours pas cillé.

Si c'est une ruse, je vais tomber en plein dedans. Je m'accroupis à côté de lui, cherche son pouls.

Aucun battement.

Sa peau est glacée.

Merde.

Je retire ma main. J'ai du mal à avaler ma salive.

Des mecs assommés, blessés, j'en ai vu. J'ai envoyé des adversaires à l'hôpital et je me suis moi-même retrouvé branché à un cathéter.

Là, c'est différent.

La mort, c'est autre chose. C'est...

Putain, c'est définitif.

Il y a deux minutes, Jordan arborait encore son sourire suffisant et me rouait de coups. Qu'est-ce qui lui est arrivé ?

Je lui lance un regard clinique. Pas de blessure apparente. Pas d'hématome sur le visage, pas de sang sur ses vêtements. On dirait qu'il est mort de peur.

Maintenant que j'y pense, je ne suis pas passé loin non plus. Mon cœur s'est emballé dans ma poitrine, je n'arrivais plus à respirer, je n'avais plus de force...

Il n'y a pas de doute, c'est Manon qui a fait ça. Manon et son Noir, sa Couleur supposée être comme les autres, gnagnagna, les Mages Noirs sont des incompris, bla-bla-bla, ce n'est pas plus dangereux que le reste.

Tu parles !

J'abandonne Jordan et je retourne vers Manon. Elle semble si paisible... Je n'arrive pas à lui en vouloir. Lorsqu'elle se réveillera – si elle se réveille, bordel – elle ne se pardonnera jamais d'avoir tué quelqu'un.

Je la soulève doucement. Combien de fois est-ce que je l'ai portée depuis qu'on se connaît ? On a quand même une relation bizarre.

Les rues doivent grouiller de Mages à la recherche d'Ombres. Inutile de moisir ici. Je regarde le corps de Jordan étendu sur le sol. La pluie dessine des arabesques sur son visage. Il a vraiment une sale gueule.

Impossible de rentrer chez moi. Sans parler de l'accueil paternel, c'est le premier endroit où la famille de Manon pourrait la chercher.

Je n'ai pas le choix. Je me dirige vers l'appartement de Sandra. Un jour, il faudra que je lui présente un mec bien, à cette fille. Elle est exceptionnelle, et je ne cesse d'abuser.

Je marche sous la pluie, Manon dans mes bras. J'ai beau me courber pour la protéger, l'eau lui gifle le visage par intermittence. Elle ne se réveille pas.

Je croise quelques passants ; la plupart m'adressent un sourire ému. Il faut croire que, par ce temps, j'ai juste l'air d'un gars qui protège sa copine de la tempête.

J'essaie de ne pas penser à Jordan, étendu dans une ruelle sans personne pour le pleurer. De ne pas penser à quel point je suis passé près de la mort. Comment ai-je survécu d'ailleurs ? Pourquoi moi et pas lui ?

Si j'avais une once d'intelligence, je déposerais Manon sous un porche, je prendrais son portable et j'appellerais son père. Il viendrait la récupérer et il s'occuperait d'elle. Si ça se trouve, il saurait comment la guérir. Ce serait la meilleure chose qui pourrait lui arriver.

Mais comme je suis stupide, je refuse de l'abandonner. Même en connaissant les risques. Un jour, elle ne contrôlera pas ses pouvoirs et elle me bouffera l'âme.

J'espère que j'aurai bon goût.

La pluie diminue enfin et s'arrête au moment où j'arrive devant chez Sandra. Normalement, elle ne travaille pas ce soir – il n'empêche, si elle n'est pas là je suis mal.

Je sonne, elle répond aussitôt.

– C'est Alexandre, je peux monter ?

– Bien sûr ! Je me demandais si tu allais passer ce soir, vu que tu ne m'as pas donné de nouvelles...

Est-ce que je décèle une note de reproche dans sa voix ? C'est vrai que je me comporte comme si j'étais à l'hôtel. Bon, lorsqu'elle verra qui j'amène, ce sera le cadet de ses soucis.

En effet, son sourire se change en grimace en apercevant Manon dans mes bras.

– Alexandre, OK pour être la bonne poire de service, mais faut pas exagérer. Mon appart n'est pas un hôtel de passe et...

– Non, elle est malade. Vraiment malade. Je suis désolé, Sandra, tu penses bien que si j'avais une autre solution...

Elle m'interrompt d'une main impérieuse puis s'écarte pour me laisser entrer. Elle pose ses doigts sur le front de Manon, fronce les sourcils.

– Elle est glacée. Qu'est-ce qui lui est arrivé ?

Il est temps d'improviser.

– Je ne sais pas ; on avait rendez-vous et je l'ai trouvée allongée dans la rue. Un malaise, peut-être.

– Dans la rue ? Elle s'est fait agresser ?

– Je n'en ai aucune idée, figure-toi. Du coup je suis désolé de t'imposer ça, mais...

– Tu aurais dû l'amener à l'hôpital. Enfin, bon... Allonge-la sur la chauffeuse. J'appelle un médecin.

– Non !

Elle se retourne, son portable à moitié dégainé.

– Hein ?

– Pas de médecin.

– Tu as vu son état ? Elle va attraper une pneumonie si on la laisse comme ça !

– J'ai les flics au cul, Sandra...

Je suis fatigué, fatigué de jouer. J'aimerais tout lui raconter, et je ne peux pas. C'est le secret de Manon, pas le mien.

– Qu'est-ce que tu as encore fait ?

– Rien. Enfin, rien de grave. Mon père est allé au bout de ses menaces. Il m'a déclaré comme fugueur. Si on contrôle mon identité...

– Et si j'appelle SOS Médecins à mon nom ?

– Pas de médecin, Sandra. Je t'en prie...

Elle me regarde, avec mes cheveux trempés par la pluie, mon expression suppliante, mes vêtements tire-bouchonnés. Je ne dois plus lui inspirer de désir, mais la pitié est un sentiment comme un autre. Lentement, elle repose le téléphone.

– OK, je suppose que tu as tes raisons. Tu fais chier, Alexandre, vraiment. Qu'est-ce qui m'a pris de sortir avec toi ?

– Je suis beau gosse et adorable et une bête de sexe ?

– Oui, voilà. C'était sûrement ça.

Elle soupire de manière théâtrale avant de revenir vers Manon. D'une main experte, elle défait les boutons de sa veste et commence à la lui retirer.

– Euh, qu'est-ce que tu fais ?

– À ton avis ? On ne va pas la laisser dans ses vêtements trempés ! On lui retire tout ça et on la met sous une couette épaisse. C'est une question de bon sens.

Tout en parlant, elle continue à déshabiller Manon. Le chemisier blanc cède petit à petit, dévoilant un soutien-gorge et la courbe d'un sein. Je détourne les yeux, embarrassé.

– Je… vais chercher une bière dans le frigo, je grommelle.

Sandra se tourne vers moi, amusée.

– Ben alors, c'est quoi cette pudeur ? Ne me dis pas que tu ne l'as jamais vue à poil ? Tu…

Elle éclate soudain de rire.

– C'est surréaliste, comme situation. Allez, va prendre une bière, je m'occupe de ta copine.

J'enfouis mon visage dans le frigo. Sérieux, qu'est-ce qui m'arrive ? J'ai l'impression d'avoir douze ans.

Je décapsule une bouteille sur le bord de la table et je la bois lentement, les yeux tournés vers le mur. J'entends des frôlements d'étoffe derrière moi. Je ne sais pas si Manon est gravement malade mais la seule chose à laquelle je pense, c'est qu'elle est nue à deux pas de moi.

La voix de Sandra me tire de mes réflexions.

– C'est bon, tu peux te retourner.

Les traits de Manon restent sereins, à des lieues de l'expression hantée de Jordan. Elle semble si petite sous cette énorme couette. Encore une fois, je m'étonne du décalage entre sa puissance incontrôlable et sa fragilité de fille de quinze ans.

– Je ne garantis rien, continue Sandra. Si elle ne se réchauffe pas…

– Oui, on appellera un médecin. Merci en tout cas.

– No souci. Tu veux manger ?

Je réalise que je suis affamé. Dehors, l'orage s'est calmé. Les parents de Manon doivent la chercher partout. J'espère que nous sommes en sécurité ici.

Je n'y connais rien en magie. Je devrais peut-être lui faire boire du sang. La dernière fois, ça a marché. Mais là, je ne sais pas de quoi elle souffre. Et puis, à voir Jordan, le remède peut se révéler pire que le mal.

Alors j'attends. Je laisse Sandra cuire deux steaks hachés, je touille vaguement du riz, et je regarde Manon dormir.

– Tu as vu ce qu'il s'est passé ce soir, au fait ?

Je secoue la tête, et elle allume une chaîne d'information. Des images du Quartier latin dévasté passent en boucle.

– Monte le son ?

Elle s'exécute et la voix du journaliste résonne dans la pièce.

– … happening qui aurait mal tourné. La troupe de théâtre aurait utilisé des explosifs pour créer une véritable panique et, je cite, « jouer dans des conditions réelles ». Malheureusement, la situation lui a complètement échappé.

Gros plan sur un témoin de la scène.

– J'ai trouvé ça très réaliste. Des pavés qui volaient, des jets de flammes… je n'ai jamais eu aussi peur de ma vie.

– Incroyables, ces effets spéciaux, commente une vieille dame à sa fenêtre. Moi, je n'y ai pas cru, mais mon mari imaginait déjà la fin du monde.

– Le talent n'excuse pas tout, proteste un riverain. Voyez l'état de la place ! Ils auraient pu blesser des passants ! Ces happenings, ça devient n'importe quoi.

Je n'ai pas besoin de regarder la fin du reportage. Le Conseil des Mages semble s'être occupé de tout et avoir commencé sa propagande. Je ne sais pas quelle *troupe de théâtre* sera inculpée de troubles à l'ordre public, mais une explication logique a été trouvée pour le bon peuple de France. Dormez tranquilles, braves gens, les Mages veillent sur vous.

MANON

Lorsque j'ouvris les yeux, il me fallut quelques secondes pour identifier la tache claire au-dessus de moi. Je ne l'avais jamais vue auparavant.

Je ne me trouvais pas dans mon lit, ni dans mon appartement.

Lentement, les couleurs se précisèrent. Un lustre baroque se balançait à un plafond rose. La lumière du soleil filtrait à travers des rideaux parme. Une odeur d'encens me prit à la gorge et je toussai faiblement.

– Ah, tu es réveillée ?

Je n'identifiai pas la voix aussitôt. Je dus tourner la tête pour découvrir une cascade de boucles blondes autour d'un sourire crispé.

– Sandra ?

– Tu nous as fait peur, tu sais. Tu étais si pâle quand il t'a amenée…

Ce *il* me semblait important. Je sentais confusément que je devais savoir de qui elle parlait. Mon regard erra dans le studio, meublé dans les tons pastel. Un petit appartement de Barbie.

Une large silhouette trônait sur une chaise, la tête en arrière, les yeux fermés, la capuche de son sweat-shirt rabattue.

– Alexandre, murmurai-je.

– Chut, intervint Sandra en posant un doigt sur mes lèvres. Il est épuisé. Il t'a veillée toute la nuit.

– La nuit ?

Quelle heure était-il ? Où étais-je ? Que faisait Sandra à mon chevet ?

Et pourquoi étais-je *nue ?*

Un sentiment d'horreur grandissant s'empara de moi alors que je regardais dans la pièce comme une bête traquée à la recherche de mes vêtements. Sandra étouffa un rire. Je me tournai vers elle, furieuse.

– Tu trouves ça drôle ? Qu'est-ce que je fais ici ? Où sont mes habits ?

Elle fronça les sourcils, toute bonne humeur évanouie.

– Oh, ne me parle pas sur ce ton, OK ? Je me trouve plutôt sympa de t'héberger. Ne me le fais pas regretter.

– M'héberg...

– Tes fringues sont en train de sécher sur mon radiateur. C'est pas l'idéal, mais on fait ce qu'on peut. Et si tu veux un conseil, profites-en pour tout jeter et refaire ta garde-robe. Tu portes des chemisiers de grand-mère.

Dans mon état de faiblesse, mes émotions se bousculaient pour prendre le contrôle.

Indignation : comment osait-elle me parler ainsi ?

Humiliation : j'étais nue, avec Alexandre à deux mètres de moi.

Confusion : comment m'étais-je retrouvée là ?

Ce fut la dernière qui s'imposa.

– Qu'est-ce que je fais ici ? demandai-je en serrant la couette plus fermement contre ma poitrine.

– Tu ne te souviens pas ? Alexandre m'a dit que vous aviez rendez-vous et qu'il t'avait trouvée évanouie dans la rue. Estime-toi heureuse d'avoir échappé à la pneumonie vu ce qu'il tombait hier soir.

Un orage... oui, je me rappelais l'orage. Je me rappelais l'humidité contre ma peau, les éclairs qui striaient le ciel, les coups de tonnerre.

Les éclairs !

Je me redressai d'un bond et rattrapai la couette au dernier moment.

– Jordan !

– Jordan, quoi, Jordan ? protesta Sandra, surprise par mon mouvement brusque. De qui est-ce que tu parles ?

Alexandre remua sur sa chaise. Il se gratta le crâne, bâilla, s'étira, enleva sa capuche. Ses yeux embués de sommeil rencontrèrent les miens.

– Manon ! Tu es réveillée ?

Il était toujours aussi doué pour les évidences. Il n'empêche, son regard me réconforta. Avec lui, je me sentais en sécurité. Et il me fournirait les explications que j'attendais.

– Oui, merci. Il paraît que c'est toi qui m'as amenée ici ?

– Je n'avais pas le choix, marmonna-t-il.

– Et il savait que j'étais trop gentille, intervint Sandra en se levant. Bon, les amoureux, je suppose que vous avez des tas de choses à vous raconter, alors je pars faire quelques courses. Faites comme chez vous, juste évitez de tacher les draps, OK ?

– Sandra… siffla Alexandre.

– Oh, ça va, je plaisante, je sais que vous êtes purs et innocents. Allez, à tout à l'heure. Si vous partez, claquez la porte, ça suffira.

Je regardai Sandra d'un œil neuf. C'était peut-être une ex d'Alexandre, une menace, une fille belle et mature, une blonde aux arguments protubérants, mais c'était surtout quelqu'un de bien. Je doutais d'avoir la même grandeur d'âme dans une telle situation.

Elle me sourit et disparut dans le couloir. Ses talons aiguille claquèrent dans l'escalier.

Alexandre et moi restâmes seuls. Il remplit un verre d'eau et me le tendit.

– Bois, tu dois avoir soif. Ça va mieux ?

Je tentai de saisir le verre sans dévoiler ma poitrine. La couette me semblait une bien faible protection. Je lui désignai mes vêtements d'un mouvement de menton.

– Euh… est-ce que tu pourrais me donner mes affaires, s'il te plaît ?

– Elles sont encore trempées. Tu vas attraper la mort.

– Je préfère ça…

Il haussa un sourcil amusé, puis fourragea dans la large armoire qui couvrait un mur de la pièce. Il me lança des sous-vêtements en boule, un tee-shirt et un jean.

– Tiens, mets ça, ce sont des affaires de Sandra.

– Ça ne m'ira jamais.

– Mais si, elle est un peu plus grande, t'es un peu plus large, ça va passer.

Je restai muette, le jean dans la main. Si je m'écoutais… Une simple plongée dans le Bleu et je le projetterais contre un mur. On verrait s'il continuait à faire le malin.

Je n'étais pas *large*, j'avais des formes. C'était Sandra l'anorexique.

– Tu peux te retourner ? me contentai-je de dire d'une voix sucrée.

Il obéit et je m'habillai du mieux que je pus en me tortillant sous la couette. Bien entendu, le jean était trop étroit. Je me contorsionnai jusqu'à parvenir à fermer ce maudit bouton.

La gravité de la situation ne me revint à l'esprit qu'une fois prête. Je devais vraiment revoir mon sens des priorités.

– Qu'est-ce qui s'est passé ? Comment me suis-je retrouvée ici ?

Ce n'était pas la première fois que je posais la question, et personne ne m'avait répondu.

– C'est bon, tu es présentable ?

Il se tourna alors que je sortais du lit. Le jean me comprimait le ventre. Je portais un tee-shirt pailleté barré d'un large *I'm Sexy, You're Not.* Je ne devais ressembler à rien, pourtant un sourire éclaira son visage.

– Ah oui, ça te va bien !

– Tu te moques de moi ?

– Non, sérieux, c'est pas mal du tout.

– Et donc ? Hier soir ?

Il grimaça, embarrassé, et je réalisai soudain qu'il redoutait de répondre. Une bouffée d'angoisse m'envahit.

– Tu te souviens de quoi ? demanda-t-il.

– Pas grand-chose. Je parlais avec Jordan lorsqu'il m'a sauté à la gorge. Et puis... et puis tout est flou.

Je portai machinalement la main à mon cou. Aucune blessure. Cela ne voulait rien dire. Je me plantai devant le large miroir de la penderie à la recherche de la moindre plaie – rien. Quel tee-shirt ridicule !

Alexandre se laissa tomber sur l'unique chaise de l'appartement. Il baissa les yeux, évitant mon regard.

– Il t'a frappée. De toutes ses forces. Tu as percuté un mur et tu t'es effondrée. Assommée avant de toucher le sol.

Je frissonnai. J'avais beau ne pas me rappeler ce coup, la voix sépulcrale d'Alexandre lui donnait une brutalité réelle.

– Alors je lui ai sauté dessus. On s'est battus. Enfin, quand je dis battus... (Il grimaça.) Je me suis fait étaler comme une merde. On dira ce qu'on voudra de Jordan, il sait se battre. Enfin, plus exactement utiliser ses pouvoirs, là, la magie Rouge. Une vitesse inhumaine, une force sans limites. Je n'ai rien pu faire.

Il serrait les poings de frustration. Je comprenais son désarroi. Il n'aurait jamais imaginé être vaincu sur son propre terrain.

– C'est un Vampire, murmurai-je pour le consoler. Personne ne maîtrise mieux le Rouge qu'eux.

– C'est aussi un ado tout maigre qui sait à peine décocher un coup de poing, maugréa-t-il.

– S'il t'a battu… que s'est-il passé après ?

Alexandre haussa les épaules. Il continuait à fuir mon regard et je n'aimais pas ça.

– Tu ne te souviens vraiment de rien ?

– Non, je te dis. Raconte-moi, tu me fais peur.

Il se leva lourdement, écarta les rideaux. La lumière pénétra à flots dans la pièce. Il me tournait le dos.

– Tu t'es relevée.

– Hein ?

– Tu étais évanouie et pourtant tu t'es relevée, comme un zombie. Flippant.

Mes mains se crispèrent contre mon ventre. J'avais une drôle de boule à l'estomac.

– Je ne m'en souviens pas…

– T'inquiète pas, on s'habitue, ricana Alexandre. Notre première rencontre, c'était pareil. Tu sauves une fille et le lendemain tu te réveilles sans rien te rappeler, avec la gueule de bois.

– Alexandre...

– Ouais, pardon. Donc voilà, d'un coup l'obscurité a rempli l'avenue. Jordan était complètement paumé, et je t'avoue que je n'en menais pas large.

Il s'interrompit. Sa silhouette musclée baignait dans le soleil de la rue, comme si l'orage n'avait jamais existé.

– Et puis...

– Et puis ?

– Et puis rien. J'ai entendu Jordan pousser un juron, essayer de te cogner de nouveau. J'ai réussi à lui faucher les jambes et il est tombé. Je t'ai prise dans mes bras et j'ai couru sans me retourner. On a eu beaucoup de chance et on a réussi à le semer.

– Tant mieux, marmonnai-je, avant d'être frappée d'une pensée subite : alors ça signifie qu'on a échoué ?

Alexandre me fit enfin face.

– Échoué ? Comment ça, échoué ?

– Je devais effacer la mémoire de Jordan. C'était le but de l'opération. S'il parle à ses parents, c'est une catastrophe ! Il sait désormais que je suis une Mage Noire. Je...

– Tu as réussi, m'interrompit Alexandre.

– Hein ?

– Oui, je voulais te le dire, ça m'est sorti de la tête. Juste avant de créer ton obscurité, là, tu lui as effacé la mémoire.

Je le dévisageai, bouche bée.

– Vraiment ?

– Vraiment. Il ne s'attendait pas à ça, il était surpris de te voir debout, et tu en as profité.

– Comment le sais-tu ?

Alexandre eut une brève hésitation.

– Parce que tu le lui as dit. Avec une voix d'outre-tombe. Je te jure, tu m'as fait flipper. Un truc du genre *Jordan, je viens d'effacer tous tes souvenirs de la semaine. Tu ne te rappelleras rien.*

– J'ai dit ça ? marmonnai-je, dubitative.

– Ouais, peut-être pas au mot près, mais c'était l'idée générale. Et lui il restait là, les bras ballants.

Une vague de soulagement m'envahit, puis je fronçai les sourcils. Un détail me chiffonnait.

– Et cette obscurité ? Tu m'as dit qu'il t'avait poursuivi ? Que…

– Tu es sûre que c'est le moment de parler de tout ça ? Jordan a perdu la mémoire, on a réussi, super, un point pour nous. Maintenant, la vraie question, c'est *qu'est-ce qu'on fait ?* Parce que Simon n'a pas l'air de revenir.

Je sentais qu'il ne m'avouait pas toute la vérité. Pourtant, il avait raison. Nous devions décider de la suite des événements.

Je finirais bien par savoir ce qu'il s'était passé hier soir.

Et pourquoi je décelais désormais une lueur de méfiance dans le regard d'Alexandre.

ALEXANDRE

OK, j'ai menti.

Mais franchement, qu'est-ce que je pouvais lui répondre ?

Ouais, t'es devenue complètement psychopathe, tu ne contrôlais plus rien. Du coup t'as failli me tuer. Oh, je vais bien, hein, rassure-toi. Ça s'est joué à quelques secondes, mais je vais bien. Par contre, pour Jordan, c'est plus compliqué. Va falloir que tu vives avec une mort sur la conscience. C'était de la légitime défense, tu me diras, j'espère que ça te console un peu.

Impossible.

De toute façon, il faut aller de l'avant. Sa famille doit la chercher partout. Quelqu'un a sans doute trouvé son corps. Le fameux Conseil des Mages est probablement sur la brèche. On ne peut pas se payer le luxe de se morfondre et de pleurer un salaud de hipster vampire. Qui l'a bien cherché.

Je regarde Manon dans les vêtements de Sandra. D'accord, elles n'ont pas la même morphologie, pourtant ils lui vont bien.

– Bon, que fait-on ? résume-t-elle en croisant les bras. Nous ne pouvons pas rester ici indéfiniment.

– Non, Sandra risquerait de mal le vivre malgré sa patience. Et ce n'est pas une solution. Du coup...

– Du coup, je dois quitter Paris.

La voix de Manon se brise sur la dernière syllabe. Ça doit être dur pour elle de parvenir à cette conclusion. Sa famille n'est plus fiable. Tout le monde la pourchasse. Moi, j'ai l'habitude des coups, des trahisons – mais elle ? Passer d'un univers aseptisé à un tel bordel, c'est déstabilisant.

– Tu es sûre qu'il n'y a pas d'autre solution ? je demande gentiment.

– Certaine. Même si Jordan a perdu la mémoire, mes parents se méfieront. S'ils ont trouvé une Ombre en possession de mon boîtier, ils doivent être convaincus qu'on m'a kidnappée. Si je reviens, ils vérifieront que je suis en bonne santé et ils découvriront forcément ma *différence*.

Dans sa bouche, ce mot sonne empoisonné. Elle n'a pas tort.

– Donc quoi, le Sud ? Nice ? Sans Simon ?

– Comme tu l'as suggéré, il est sans doute emprisonné ou... ou pire. On ne peut plus compter sur lui.

– Et tu veux vraiment chercher d'autres Mages Noirs ? Je veux dire, jusqu'ici, ça ne t'a pas vraiment réussi. On pourrait aller ailleurs, se mettre au vert tranquillement.

Elle secoue la tête.

– Nous serions deux fugitifs, obligés de nous cacher toute notre vie. Surtout, je dois trouver un moyen de contrôler le Noir. Alexandre, parfois j'ai... (elle déglutit)... j'ai l'impression que cette Couleur est vivante.

Ah ben tu m'étonnes. Ce n'est pas qu'une impression.

– Je vois ce que tu veux dire.

– Simon avait l'air surpris que Fabrice ne m'ait pas appris à me maîtriser. Bien sûr, il n'en a pas eu le temps. En tout cas, les Mages Noirs que nous avons croisés semblaient très bien vivre leur Couleur. Je veux y arriver, moi aussi. Quand je réalise que j'ai tout oublié d'hier, que j'ai agi comme un automate, j'ai peur de moi-même. Tu te rends compte, j'aurais pu te blesser – ou pire ! Dès que je repense à l'homme dans le parking, j'en ai des cauchemars ! Un peu plus et je le tuais !

– Il t'attaquait, je proteste mollement.

– Ce n'est pas une raison ! Jordan aussi m'attaquait ! Je ne pourrais pas me le pardonner si je faisais du mal aux gens sans le vouloir. Si je te faisais du mal.

Bon, il va falloir changer de sujet avant que mon mensonge éclate au grand jour. D'ailleurs, plus vite on sera partis, moins elle a de risques d'apprendre la mort de Jordan.

– Hé, je suis toujours là et toujours en vie, OK ? Le reste, on s'en fout. Tu as raison, tu trouveras des réponses dans le Sud. On va se faire un pur *road-trip*.

Elle esquisse un pâle sourire.

– Un *road-trip* sans voiture, ce n'est pas vraiment un *road-trip*.

– Je suis nul en anglais mais il y aura un *trip*, il y aura une *road*, donc c'est un *road-trip*.

Son sourire s'accentue. Voilà, je la préfère comme ça.

– Et tu viendrais avec moi ? Même Simon n'était pas sûr que ce soit une bonne idée. Tu as toute ta vie à Paris.

– Géniale, ma vie. Des flics qui me recherchent, une mère démissionnaire, un père violent, un lycée dont j'ai été viré, des potes qui dealent de la beuh, un coach qui…

Ah merde, le coach. Je repense à ses encouragements. Il croit en moi et il s'est mouillé pour m'obtenir un rendez-vous. Grâce à lui, je pourrais réaliser mes rêves et intégrer une école formidable. Je pourrais même me réconcilier avec mon père, qui sait ?

La rencontre a lieu mardi. Dans une poignée de jours. Dans une éternité.

– Un coach qui… ? répète Manon.

– Rien, rien. Un coach qui que dalle.

J'observe Manon, les yeux mi-clos. Elle soutient mon regard de ses étranges yeux verts.

Je ne la connais que depuis deux semaines. Elle m'en a fait baver. Elle m'a effacé la mémoire, m'a endormi, m'a entraîné dans des histoires plus incroyables les unes que les autres.

Elle m'a aussi embrassé, s'est lovée dans mes bras.

Elle possède un pouvoir qu'elle ne maîtrise pas ; si je l'accompagne, je risque de finir un jour aussi froid que Jordan.

Nul doute qu'elle me pleurera à son réveil.

Nul doute que ça ne me ressuscitera pas.

Je peux encore reculer. Elle sera déçue, mais elle comprendra. Je peux la laisser partir seule dans le Sud. Je ne connais personne, là-bas. Ici, ma vie peut basculer. Je rêve de devenir boxeur depuis mes six ans et mon premier visionnage de *Rocky* – et je peux enfin percer. Une telle occasion ne se représentera pas.

– Alexandre ? demande Manon, soudain inquiète.

Et je réalise que j'ai déjà pris ma décision. Je ne peux pas l'abandonner comme ça, alors que j'ai envie d'être avec elle, de la prendre dans mes bras, de la consoler, de la réconforter, de l'embrasser, de la soutenir, de la rendre heureuse, de la découvrir, de...

Putain, qu'est-ce qui m'arrive ? Je tousse pour m'éclaircir la voix et je me dégage de l'emprise de ses yeux verts. S'ils étaient marron, je suis sûr que ce serait différent.

Peut-être.

– Ouais, je disais que tu pouvais compter sur moi. On est en novembre, c'est le bon moment pour aller dans le Sud. Pas trop chaud, du soleil, tout ça. On pourra se baigner.

– Ce n'est pas vraiment l'objectif du voyage...

– Autant en profiter. De toute façon, une fois qu'on sera à Nice, comment tu feras pour contacter les Mages Noirs ? D'après Simon, ce sont eux qui te contacteront et ça prendra peut-être un peu de temps.

Elle hoche la tête lentement, puis avec plus de conviction. Elle arpente la pièce de long en large, les mains dans le dos.

– D'accord. D'accord. Imaginons que nous partions dans le Sud. Qu'est-ce qu'il nous faut ? Une valise, avec des vêtements, des…

– Oh, tu ne comptes quand même pas rentrer chez toi pour prendre des fringues ?

Elle s'interrompt, se mord la lèvre.

– Non, bien sûr, ment-elle. Mais on ne peut pas voyager sans une trousse de toilette…

J'hallucine.

– On parle de quitter nos familles pour rejoindre des Mages Noirs et tu te soucies de ta brosse à dents ?

– Quitte à basculer du côté obscur, autant avoir l'haleine fraîche.

Elle marque un point. Je réfléchis à toute vitesse. J'ai quelques économies chez moi, pas grand-chose, ce que j'ai mis de côté de mes premières conneries ou gagné au poker. L'argent a tendance à me brûler les doigts – il n'empêche, j'ai presque cinq cents euros. Ça me semblait une fortune. Aujourd'hui, je trouve ça minable.

– Tu as de l'argent, toi ? Si on passe chez moi, je peux récupérer un peu de thune.

– J'ai une carte de retrait, mais le plafond est ridicule. Cent euros, il me semble. Attends, qu'est-ce que tu viens de dire ? Passer chez toi ? C'est trop dangereux !

– Moins que chez toi. Et cent euros, ça ne suffira jamais. On a besoin de mon fric, et il est dans ma chambre.

– On peut trouver une autre solution…

– Ah ouais ? Je n'en vois pas.

– Alexandre, si mes parents me recherchent, tu peux être sûr qu'ils ont envoyé des agents à ton appartement. Ils savent qu'on était proches. Quand ils découvriront que tu as disparu toi aussi…

Elle a raison. Pourtant, j'ai besoin d'aller chez moi. Je sais que c'est risqué. Mais ça me fait mal au cœur d'abandonner mon trésor de guerre.

– Écoute, j'irai seul. Tu m'attendras à côté, bien cachée. Si ton Conseil imagine que des Mages Noirs se baladent dans la nature, je doute qu'ils perdent du temps à surveiller un appart vide. Il est bientôt midi. Ça se tente.

– Tu es vraiment un bas du front, murmure-t-elle.

– Hé, je fais ça pour toi. Quitte à partir dans le Sud, autant avoir des ressources.

Elle s'approche de moi et je la serre dans mes bras. Ses lèvres trouvent les miennes dans un baiser brûlant. Elle m'embrasse sans pudeur, sans retenue.

C'est toujours elle qui prend l'initiative et cette fois-ci je réponds à son étreinte avec un désir décuplé par le stress, le danger, l'idée de tout abandonner pour elle.

Nous reprenons enfin notre souffle et je la garde dans mes bras. Elle me voit jeter un coup d'œil vers le lit, et elle s'écarte prudemment.

– On devrait y aller, non ? Avant que Sandra ne rentre ? Avant qu'on ne perde la motivation ?

– Oui, tu as raison. Je passe à mon appart, ensuite on dégage. Tu crois que tu pourras nous emmener à Nice par la voie des airs, comme le suggérait Simon ?

Elle hésite, réfléchit un instant.

– Je ne me rends pas compte. Ça risque de demander beaucoup d'énergie. Peut-être qu'on ferait mieux de commencer par des moyens classiques, le train par exemple ?

Elle a raison, mais je ne peux m'empêcher d'être un peu déçu. J'imaginais déjà notre voyage en tapis volant.

D'un autre côté, je n'ai pris le train que deux fois dans ma vie.

– Emporte quelques sous-vêtements, je ne pense pas que Sandra t'en voudra, et ça te sauvera peut-être la vie avant qu'on s'arrête dans un magasin.

Je m'empare d'une brosse à dents dans la salle de bains, ainsi que du dentifrice. Je me sens coupable de lui piquer ses affaires après tout ce qu'elle a fait pour moi. J'aimerais pouvoir glisser un billet sur la table. Comme je n'ai pas d'argent, je m'empare d'un stylo et je griffonne quelques mots pour la remercier de son aide. C'est quand même une fille géniale.

Je me penche par la fenêtre pour fermer les volets.

C'est alors que je les aperçois en contrebas.

Pit et Bull, en chair et en os. J'ai beau être au quatrième, je ne peux pas rater leurs silhouettes pataudes de duettistes.

À côté d'eux, Sandra est en train de taper le code de son immeuble.

La salope.

MANON

– Il faut filer !

Le cri d'Alexandre me sortit de ma torpeur. J'étais encore sous le choc, à imaginer notre nouvelle vie. Je tenais dans mes mains un string de Sandra en me jurant que jamais je ne porterais un tel truc.

Alexandre me bouscula pour atteindre la porte du studio qu'il ouvrit à la volée. Je ne l'avais jamais vu aussi fébrile.

– Qu'est-ce qui se passe ?

– Les flics ! Dehors ! Sandra les a prévenus !

Sandra ?

– Je ne comprends rien à ce que…

– Pas le temps de t'expliquer ! Allez, viens !

Il me prit la main et me tira si brusquement que je manquai perdre l'équilibre. Nous nous retrouvâmes dans le couloir sombre et il claqua la porte d'un coup de pied.

– Merde, merde, merde, jurait-il à voix basse.

– Pourquoi ferait-elle ça ? protestai-je.

Je savais pourquoi. J'avais pris Sandra pour une sainte, or sa tolérance devait avoir des limites. Elle avait observé Alexandre avec moi, et en avait éprouvé une certaine rancœur.

Dans un sens, je trouvais ça rassurant. C'était difficile d'accepter qu'Alexandre ait pu connaître une fille aussi exceptionnelle. Découvrir son côté humain, même dans de telles circonstances, me rassérénait.

Si elle cherchait à le récupérer ainsi, son attitude était stupide. Peut-être voulait-elle tout simplement se venger.

Le ronronnement d'une machinerie se mit en route et Alexandre s'élança vers l'escalier.

– Ils sont dans l'ascenseur !

Je descendis du mieux que je pus, tâchant de ne pas le perdre de vue alors qu'il bondissait de marche en marche. Je n'étais pas vraiment inquiète – j'avais suffisamment de Mages à mes trousses pour ne pas me soucier de policiers humains – mais l'agitation d'Alexandre me contaminait. Ce ne fut qu'à la troisième marche que je réalisai que j'étais pieds nus. J'avais enfilé les habits de Sandra par pudeur, sans songer à récupérer mes chaussures trempées.

– Attends... commençai-je.

Alexandre avait déjà disparu au détour d'un palier. J'allais devoir me débrouiller.

J'entendis une exclamation et accélérai, glissant à moitié sur la dernière marche.

Alexandre se tenait les bras ballants devant un homme de forte corpulence qui lui barrait le chemin.

– Comme on se retrouve, monsieur Dufour, sourit l'inconnu.

Je crus entendre Alexandre marmonner *Pit*, mais ça ne voulait rien dire.

– Je vais vous demander de nous suivre, annonça l'inconnu. Pour commencer, votre père nous...

Il ne termina pas sa phrase. Le poing d'Alexandre le frappa à la mâchoire, et il partit en arrière comme une quille au bowling. Il heurta la rambarde juste à temps pour recevoir un second coup qui l'étala pour le compte.

– Alexandre ! hurlai-je.

– Vite ! se contenta-t-il de répondre en enjambant sa victime.

Je gémis intérieurement. Alexandre réalisait-il ce qu'il avait fait ? Il venait d'assommer un représentant de la loi !

L'ascenseur s'arrêta au palier du dessus et l'autre policier en sortit. Il se lança à notre poursuite en demandant des renforts dans son portable.

– *Alexandre Dufour, seize ans, grand, musclé, cheveux sombres, vêtu d'un sweat rouge et d'un blouson en cuir...*

– Alexandre ! hurla Sandra.

Le reste de la description se perdit dans notre cavalcade tandis que nous accélérions jusqu'à la rue.

J'aurais pu me plonger dans le Rouge pour suivre le rythme mais je me méfiais de ce que j'allais trouver derrière mes paupières. Malgré les allégations d'Alexandre, mon trou de mémoire de la veille me perturbait.

Nous débouchâmes quelque part dans le XVe arrondissement. Alexandre attendit que je sois à sa hauteur avant de repartir en courant. J'entendis une sirène au loin et je m'inquiétai. Les Mages possédaient leurs entrées dans la police. Si Sandra avait mentionné que j'étais avec Alexandre, jusqu'où l'information avait-elle filtré ?

Je retirai tout ce que j'avais pensé de sympa sur elle. C'était une vraie truie, sans compter que son jean me sciait le ventre. Mes pieds nus martelaient l'asphalte.

– Au métro ! me cria Alexandre.

Je le suivis tant bien que mal jusqu'à ce que nous rejoignions le relatif anonymat des foules parisiennes. Le policier sortit de l'immeuble à son tour. Il nous talonnait.

– Arrêtez-vous ! cria-t-il.

Alexandre ne lui fit pas l'aumône d'une réponse. Il se retournait de temps en temps pour vérifier que je le suivais. Je commençais à manquer de souffle et un point de côté me fouaillait les côtes.

Je m'apprêtais à plonger dans le Rouge lorsqu'il me prit dans ses bras et continua sa course. Non seulement mon poids ne le ralentissait pas, mais il semblait même avoir accéléré. Il avait réduit sa vitesse pour m'attendre !

Je regardai derrière nous – le policier était toujours là, même si sa silhouette se réduisait graduellement.

– Dépose-moi ! exigeai-je. Je peux courir !

– Pas assez vite, haleta Alexandre avec sa diplomatie habituelle. Et garde tes pouvoirs pour l'instant.

– Tu ne vas pas pouvoir me porter tout le temps !

– Ce ne... sera pas long. Je dois juste atteindre... ah, voilà !

Il avisa une bouche de métro et avala les marches quatre à quatre. Je serrai les dents – s'il glissait, nous dévalerions tous les deux les escaliers. Mais il ne glissa pas et me déposa devant les portiques. La sueur dégoulinait sur son visage. Même pour lui, l'effort avait été rude.

– Je n'ai pas mon pass Navigo, il est resté dans mes affaires, réalisai-je.

– Fais comme moi, saute !

Il essuya la transpiration qui lui piquait les yeux puis bondit par-dessus la barrière. Après un dernier regard en arrière – plus de trace du policier, ni de contrôleur – je l'imitai. Ou du moins je tentai. Je mesurais vingt centimètres de moins que lui et il dut me tendre la main pour m'aider à escalader.

J'étais tombée amoureuse d'un délinquant qui assommait les policiers, jurait comme un charretier et fraudait dans le métro. Tout allait pour le mieux dans le meilleur des mondes.

La masse compacte des voyageurs du midi nous serra l'un contre l'autre. Je me hissai sur la pointe des pieds pour ne pas me faire écraser les orteils.

Les remugles infâmes du métro me firent promettre de me laver les pieds à la Javel.

Heureusement, à Paris, personne ne s'étonnait de rien et notre apparence débraillée ne suscita aucun commentaire.

– On va devoir avancer notre départ, murmura Alexandre. Impossible de passer chez moi, la police m'y attendra. On file à la gare, direction Nice. En espérant que notre destination n'ait pas filtré.

– On n'a pas d'argent pour acheter un billet de train.

– Dans de telles circonstances, je suppose que tu pourras faire une entorse à ta morale, non ? Un sourire, un mouvement de tête, un peu de Violet, et le contrôleur regardera ailleurs.

– Je… suppose.

Je n'avais pas envie d'utiliser mes pouvoirs ainsi. Depuis des années, on me répétait à quel point c'était un crime. Mon frère allait passer en jugement parce qu'il n'avait pas respecté cette loi de base. Même si j'étais désormais une fugitive, certains réflexes restaient profondément ancrés.

Nous arrivâmes sans encombre à la gare de Lyon. Je me retournai plusieurs fois, à l'affût. J'avais l'impression de voir un Mage derrière chaque pilier, un policier dans n'importe quelle ombre. Je me consolai en me disant que ma propre mère aurait du mal à me reconnaître ainsi, les cheveux détachés, dans des vêtements que je n'aurais jamais accepté de porter.

Par contre, il fallait que je m'achète des chaussures quelque part.

Nous nous dirigeâmes vers les panneaux d'affichage à la recherche des horaires pour le Sud.

– Paris-Nice. 14 h 49, arrivée à 20 h 09, observa Alexandre. Parfait.

Il se tourna vers moi, le visage sérieux.

– Tu es sûre de toi ? Une fois qu'on sera montés dans le train, ce sera… définitif.

Je le regardai droit dans les yeux et une bouffée d'émotion m'envahit. L'aventure nous attendait, l'aventure à l'état pur.

Et Alexandre serait à mes côtés.

– Oui, déclarai-je.

ÉPILOGUE – ALEXANDRE

Manon est partie acheter des chaussures dans une boutique de la gare – et j'en profite pour sortir de ma poche son téléphone portable. Je l'ai récupéré dans ses vêtements et j'ai enlevé la batterie pour éviter qu'on se fasse tracer.

Je la remets en place. Je prie pour qu'il n'y ait aucun code sur son portable. Raté, on m'en demande un. Je rentre 0000, et il s'allume.

Je ne comprendrai jamais ceux qui ne changent pas le réglage de base. En tout cas, ça m'arrange.

Je fouille dans son répertoire jusqu'à tomber sur le numéro que je cherche. J'appuie sur la touche, et le téléphone sonne. Une fois. Deux fois.

– Manon ? s'exclame une voix au bout du fil.

– Non, ce n'est pas Manon, je réponds. C'est Alexandre. Tu sais, le mec à qui tu as effacé la mémoire.

Le père de Manon reste muet au bout du fil. Je prends ça pour un encouragement.

– Comme tu le vois, je vais mieux. Ta fille est amoureuse de moi, c'est con, hein ? Et elle a eu des soucis avec les Ombres, je l'ai aidée alors que tu en étais incapable.

– Elle va bien ? souffle son père d'un ton plein d'espoir.

C'est dur de lui en vouloir. Il ne doit plus vivre depuis qu'il pense sa fille morte ou capturée.

– Ouais, elle va bien, mais elle en a marre de toi et de ta tyrannie. Et j'ai envie de dire que moi aussi.

– Jeune homme…

L'effet de surprise et le soulagement disparus, la voix devient menaçante.

– Je ne me laisserai pas impressionner. Tu es un Mage, ta femme aussi, tes enfants aussi, OK, super. Il n'empêche que j'ai sauvé la vie de ta fille lorsque Fabrice l'a kidnappée, et hier encore.

– Qu'est-ce qui s'est passé hier ?

– Ah, tu n'es pas au courant ? Il est beau, le Grand Mage du Conseil des Trouducs. Une Ombre l'a de nouveau agressée, voilà ce qui s'est passé. Alors elle et moi, on se met au vert. Je l'emmène à l'abri, dans un endroit où on pourra vivre notre amour tranquilles sans un père parano pour m'effacer la mémoire parce que je ne suis pas le gendre idéal.

– Alexandre… gronde l'homme.

– Allez, je raccroche. Je voulais juste te rassurer, te dire qu'elle va bien, qu'elle te donnera bientôt des nouvelles. Mais elle ne rentrera pas ce soir. Elle est avec moi maintenant. Bisou, beau-papa.

Je coupe la communication sous une bordée d'insultes. J'efface l'appel du journal puis enlève méthodiquement la batterie et replace le portable dans ma poche.

Manon me rejoint deux minutes plus tard, enfin chaussée.

– Tu ne m'as pas attendue trop longtemps ?

– Nan, t'inquiète, j'avais de quoi m'occuper.

Et voilà.

J'espère que j'ai été convaincant.

Désormais, Manon n'est plus que l'innocente victime et moi le Grand Méchant Loup.

Si jamais on est capturés, je passerai un sale quart d'heure. Mais elle...

Elle...

Peut-être qu'elle s'en sortira.

ÉPILOGUE – MANON

Le train 6 179 à destination de Nice est annoncé voie 17.

Main dans la main, nous nous rendîmes sur le quai. C'était étrange de se promener ainsi, comme si nous étions en couple.

Je ne savais pas encore ce qu'Alexandre représentait pour moi, ni moi pour lui. C'était peut-être un peu tôt pour le dire. Pourtant, toutes ces menaces nous avaient rapprochés.

Je sentis son regard sur moi et souris en levant les yeux.

– Quitte à voyager gratuitement, autant s'installer en première, déclara-t-il. Plus de place pour allonger les jambes.

– Je ne sais pas si c'est une bonne idée, hésitai-je. Nous attirerons l'attention en première, non ?

– Oh, il y a des jeunes blindés de thune qui ne se déplacent que comme ça. Et vu nos sapes…

Il observa d'un air dubitatif mon tee-shirt *I'm Sexy, You're Not.*

– Oui, bon, on sera plus discrets en seconde. Très bien, princesse, votre carrosse est avancé.

– Ne m'appelle pas princesse, ça me rappelle les *darling* de Jordan.

Le regard d'Alexandre s'assombrit, et il hocha froidement la tête. Chaque fois que je mentionnais Jordan, il se refermait. Était-il encore jaloux ?

À l'entrée de la voie 17, la foule devint plus compacte et je fronçai les sourcils.

– Qu'est-ce qui se passe ?

– Le contrôle a lieu sur le quai pour éviter les fraudeurs. Il va falloir être convaincante dès maintenant.

Je soupirai. Je n'avais aucune envie de me plonger dans le Spectre. Je me sentais fatiguée, nauséeuse et coupable d'avance.

Pourtant, Alexandre avait raison. Un simple filament de Violet et la voie était libre jusqu'à Nice.

Je m'avançai dans la file jusqu'aux deux contrôleurs exténués qui scannaient les billets.

– Ticket, s'il vous plaît, prononça l'homme d'une voix lasse.

Je fermai les yeux, et me concentrai sur le Spectre. Puis je rouvris les paupières.

– Ça va ? demanda Alexandre. Tu es toute pâle.

– Ticket, s'il vous plaît, répéta l'homme.

Le Spectre avait disparu.

À suivre…

LE NOIR EST MA COULEUR

Une série d'**Olivier GAY**

Tome 1

Le pari

Tome 2

La menace

Tome 3

La riposte

Tome 4

à paraître en juin 2015

CRÉDITS

P. 190 : Extrait de la chanson *Gaston* (*La Belle et la Bête*, 1991), paroles de Howard Ashman, adaptées par Claude Rigal-Ansous/Wonderland Music Company Inc.

P. 208 : *Call Me Maybe*, Carly Rae Jepsen (2011), paroles de Tavish Crowe, Carly Rae Jepsen, Joshua Ramsay/Universal MCA Music Publishing/BMG Rights Management.

L'AUTEUR

Né à Grenoble en 1979, **Olivier Gay** a longtemps exercé comme manager en cabinet de conseil. Le succès de *Les talons hauts rapprochent les filles du ciel,* prix du premier roman du festival de Beaune, lui a permis de se consacrer entièrement à l'écriture. Il a depuis continué sa série policière au Masque, a écrit un diptyque de fantasy, et se lance aujourd'hui avec enthousiasme dans la littérature pour adolescents. Olivier Gay habite dans le Sud.

L'ILLUSTRATRICE

Née en 1976, strasbourgeoise, **Stéphanie Hans** a fait les Arts décoratifs avant de travailler pour l'édition jeunesse, les comics américains et la bande dessinée. Pour elle, les couvertures sont la première main tendue vers le lecteur : elles doivent refléter, en une image unique, l'essence de l'intrigue.
Stéphanie Hans vit actuellement à Berlin.
Vous pouvez la retrouver sur son site :
http://grainedepluie.com/

RAGEOT s'engage pour l'environnement en réduisant l'empreinte carbone de ses livres. Celle de cet exemplaire est de :
785 g éq. CO_2
Rendez-vous sur www.rageot-durable.fr

PAPIER À BASE DE FIBRES CERTIFIÉES

Achevé d'imprimer en France en décembre 2014
sur les presses de Normandie Roto Impression s.a.s. (61)
Couverture imprimée par Boutaux (28)
Dépôt légal : janvier 2015
N° d'édition : 6206 - 01
N° d'impression : 1404926